David
Goodis

Die Nacht
bricht an

Zu diesem Buch

Keiner weiß, wer Vanning ist, und das ist seine einzige Hoffnung. Denn seine alten Kumpane und die Polizei sind hinter der verflixten Tasche her, die mit Dollarnoten gefüllt ist. Vanning weiß, daß er sie nicht hat, aber wie er das erklären soll, weiß er nicht.

Als in Manhatten eine dieser heißen, schwülen Nächte anbricht, in denen sich die zähe Hitze gegen jede Luftbewegung wehrt, steht er auf von seinem Zeichenbrett und überlegt, daß es Zeit wäre für einen Drink. Aber plötzlich hat er Angst, auszugehen, Denn ihm ist klar: Heute Nacht wird etwas passieren.

»Als Goodis starb, war er nicht mal fünfzig. Er kämpfte gegen seine Verleger, die ihm den Pessimismus in seinen Romanen vorwarfen.« *François Truffaut*

»Es sind immer die kleinen Dinge, die seine Figuren aus dem Tritt bringen, kleine Stolperer im Leben sozusagen, dumme Zufälle, und fortan nimmt das Leben eine andere Wendung. Es folgt ein Sturz ins Bodenlose.« *Steckbrief*

Der Autor

David Goodis wurde 1917 in Philadelphia geboren und verdiente sein Geld als Texter in einer Werbeagentur und als Drehbuchautor. Zahlreiche seiner Romane wurden verfilmt.

David
Goodis

Die Nacht bricht an

Aus dem Englischen von
Florian Marzin

Unionsverlag
Zürich

Die englische Originalausgabe erschien 1947
unter dem Titel *Nightfall.*
Die deutsche Erstausgabe erschien 1987
unter dem Titel *Die Nacht bricht an*
im Bastei-Verlag, Bergisch Gladbach.

Auf Internet
Aktuelle Informationen
Dokumente über Autorinnen und Autoren
Materialien zu Büchern
Besuchen Sie uns:
http://www.unionsverlag.ch

Unionsverlag Taschenbuch 138
Übernahme der Übersetzung mit freundlicher Genehmigung
des Bastei-Verlags, Bergisch Gladbach.

Rieterstrasse 18, CH-8059 Zürich
Telefon 0041-1 281 14 00, Fax 0041-1 281 14 40

Umschlaggestaltung: Heinz Unternährer, Zürich
Umschlagfoto: Heinz Wohner und Gerhard P. Müller
Druck und Bindung: Clausen&Bosse, Leck
ISBN 3-293-20138-5

Die äußersten Zahlen geben die aktuelle Auflage
und deren Erscheinungsjahr an:

1 2 3 4 5 - 02 01 00 99

1

Es war eine von jenen heißen, schwülen Nächten, in denen Manhattan sein Alter zeigte. Etwas Trostloses und Träges lag in der Art, wie sich die zähe Hitze gegen jede Luftbewegung wehrte. Es war alles andere als eine Nacht zum Arbeiten, und Vanning stand von dem schräggestellten Zeichenbrett auf. Er streifte im Vorbeigehen einen großen Metallkasten mit Wasserfarben und vernahm den Knall, als der Kasten auf den Boden schlug. Das war es dann. Das gab seiner letzten noch verbliebenen Neigung, diesen Auftrag heute nacht zu Ende zu bringen, den Rest.

Die Hitze drang in den Raum und legte sich auf Vanning. Er zündete sich eine Zigarette an und überlegte, daß es Zeit für einen weiteren Drink wäre. Als er zum Fenster ging, sagte er sich, daß er die Finger vom Schnaps lassen sollte, denn die Hitze war stärker als der Schnaps.

Vanning stand am Fenster und schaute hinaus auf Greenwich Village, sah die Lichter und hörte die Geräusche der Straße. Er verspürte den Wunsch, ein Teil dieser Geräuschkulisse zu sein. Er wollte zu einem Teil der Lichter werden, wollte an dem Leben dort draußen, wie es auch sein mochte, teilnehmen. Er wollte mit jemandem reden. Er wollte ausgehen.

Aber Vanning hatte Angst auszugehen.

Und das war ihm bewußt. Diese Erkenntnis bereitete ihm noch mehr Furcht. Er rieb sich mit seinen Händen die Augen und fragte sich, was diese Nacht zu einer so schwierigen Sache machte. Und plötzlich wurde ihm klar, daß heute nacht etwas passieren würde.

Es war mehr als eine Vorahnung. Es gab einige triftige Gründe für eine solche Vorhersage. Es hatte nichts mit der Nacht an sich zu tun. Es war ein Zurückgleiten, und mit geschlossenen Augen konnte er eine Reihe von Szenen sehen, die ihn bewegungslos erschaudern, ihn schwer schlucken ließen, ohne daß er etwas im Mund gehabt hätte.

Da war ein hellblauer Wagen, ein Kabriolett. Diese Farbe war selbstverständlich, dieses helle Blau, selbstverständlich für den Beginn der Szene, weil alles in einer hellen, ruhigen Art angefangen hatte. Das hellblaue Kabriolett kreuzte friedlich entlang der Berge in Colorado, so ruhig und schön, der Himmel so beruhigend, die ganze Szene war in ein blasses Blau getaucht und in einem schönen, ebenmäßigen Stil gemalt. Und dann kam Rot hinein, das leuchtende Rot der Motorhaube und der Kotflügel eines kaputten Kombis, das harte Grau des Seitenstreifens, auf dem der demolierte Wagen stand; das harte Grau verwandelte sich in Schwarz, das Schwarz eines Revolvers, das Schwarz blieb, als noch mehr Farben ins Bild kamen. Das Grün eines Hotelzimmers, der orangefarbene Teppich, oder vielleicht war er gar nicht orange – er könnte rot gewesen sein, viele der Farben hätten anders sein können –, aber eine Farbe, über die es keinen Zweifel gab, war das Schwarz. Denn Schwarz war die Farbe einer Waffe, ein mattes Schwarz, und durch einen Strudel von all den Farben, die wie in einem Wirbel zusammenflossen, gelangte die Waffe in seine Hand, und er hielt sie für eine nicht feststellbare Zeitspanne fest, dann zielte er mit dem schwarzen Revolver, zog den Abzug durch und tötete einen Mann.

Vanning nahm seine geballten Fäuste von den Augen, öffnete die Lider und brachte sich wieder in diesen Raum zurück. Als er sich umdrehte, sah er das Zeichenbrett, und es warf einen unsichtbaren Strick um ihn, der ihn zurückholte und ihn aufforderte, das Gestern zu vergessen und sich an die Gegenwart zu halten. Weil die Gegenwart ihn als James Vanning kannte, einen Werbegrafiker, der auf die kniffligeren Arbeiten spezialisiert war, die die Grafikabteilungen der Werbeagenturen an kompetente Spezialisten vergaben. Diese Nacht hatte er es mit einem der üblichen Eilaufträge zu tun, und der Abgabetermin war vier Uhr morgen nachmittag. Aber wenn er jetzt ins Bett gehen würde, könnte er morgen früh aufstehen und den Auftrag zur Zufriedenheit des Art-Direktors pünktlich fertigstellen.

Wenn er jetzt ins Bett ginge. Das war ein Witz. Schlafen. Als ob Schlaf etwas wäre, das sich von selbst einstellt. Als ob er nichts weiter zu tun bräuchte, als seinen Kopf auf die Kissen zu legen, seine Augen zu schließen und einzuschlafen. Jede Nacht hatte er eine Diskussion mit dem Schlaf, und eine Erwiderung folgte der nächsten, und das setzte sich fort, bis er hinüberdämmerte, genau dann, wenn die Sonne aufging. Das war seine Art von Schlaf.

Vanning ging ins Bad und betrachtete sich im Spiegel. Er war von durchschnittlicher Größe, aber von stämmiger Statur. Lockiges, blondes Haar, eine ziemliche Menge davon, also mußte er sich darum keine Sorgen machen. Sorgen machten ihm die Spuren von Grau, die hier und da durch das Blond hindurch schimmerten. Nur sehr wenig Grau, kaum feststellbar in dem Blond, aber selbst das wenige war zuviel Grau für einen Mann von nur dreiunddreißig Jahren. Und die Furchen unter seinen Augen und um seine Lippen, diese Furchen kamen nicht vom Alter. Diese Furchen kamen von den Sorgen. Und dazu noch seine Gesichtsfarbe. Sie erinnerte immer noch an den Südpazifik, besonders Saipan und Okinawa, aber der dunkle Teint kam mehr vom Schatten als von der Sonne. Es hatte den Anschein, daß ein Schatten auf ihm lag und ihn umschloß.

Weitere Schatten drangen auf ihn ein, und er beschloß, sich dagegen zu wehren. Er duschte und rasierte sich, dann zog er einen frisch gereinigten Sommeranzug an. Als er seinen Arm durch den Ärmel schob, hörte er von weiter hinten auf dem Flur Geräusche.

»Bulle«, kreischte eine Stimme. »Holt 'nen Bull'n.«

Eine andere Stimme erklang von dort. »Was ist denn mit dir los?«

»Holt 'nen Bull'n.«

Vannings Kiefer preßten sich zusammen, und er biß ins Leere. Er konnte nicht atmen, stand nur da und wartete ab.

»Was regst du dich so auf? Ist etwas nicht in Ordnung?«

»Wer regt sich auf? Ich will doch nur 'ne Pulle Wasser haben. Bring mir was zu trinken.«

»Wann lernst du endlich, die Worte ordentlich auszusprechen?«

»Halt den Mund, und bring mir was zu trinken.«

Von diesem Moment an wurde es zu einem typischen Streit zwischen Eheleuten, die Frau jammerte nach einem Glas Wasser und jammerte immer noch, als sie es erhalten hatte. Vanning verbrachte ungefähr eine Minute damit herauszufinden, ob sie Spanier, Italiener oder Wiener wären. Er wunderte sich, wann sie eingezogen waren. Er wunderte sich über alle seine Nachbarn. Er hatte es sich zum Prinzip gemacht, sich von ihnen fernzuhalten, sich von jedem fernzuhalten.

Vanning beschloß, sich auf den Weg zu machen. Er wußte nicht, wo er hingehen sollte, aber auf jeden Fall beeilte er sich außerordentlich, dorthin zu kommen.

2

Die Hitze kam in Wellen, breite Ströme von Hitze ergossen sich aus allen Teilen von Manhattan und von dem bleiernen Himmel herab. Die Hitze strömte in den Washington-Square-Park und blieb dort trotz einer sporadischen Brise stehen. Vanning hielt sich nur ein paar Minuten in dem Park auf. Als er ihn verließ, schlug er die Richtung auf die Kreuzung Christopher Street und Sheridan Square ein. Von dort glitzerten viele Lichter herüber; er hatte vor, ein oder zwei Drinks zu nehmen und vielleicht ein Gespräch mit irgendeiner uninteressanten Person zu führen, die über uninteressante Dinge sprechen würde.

Er überquerte eine Straße, bog um eine Ecke, als ein Mann auf ihn zutrat und ihn um Feuer bat. In diesem Bereich gab es keine Straßenlampen, und Vanning konnte den anderen kaum erkennen. Trotzdem erkannte er eine kleine Gestalt, einen Schnurrbart und eng an den Kopf gekämmtes Haar. Vanning riß ein Streichholz an und hielt es an die Zigarette des Mannes. Und in dem Aufglimmen konnte er einen ziemlich guten Blick auf das Gesicht werfen. Aber das dauerte nur einen Augenblick, und es gab keinen besonderen Grund, sich das Gesicht einzuprägen.

»Heiße Nacht heute«, bemerkte der Mann.

»Scheußlich.«

»Ich habe ein paar Kinder gesehen, die von den Docks aus ins Wasser sprangen«, fuhr der Mann fort. »Die machen es richtig.«

»Wenn wir das täten«, entgegnete Vanning, »würden uns die Leute für verrückt erklären.«

»Das Schlimme an den Leuten ist, daß sie andere Menschen nicht verstehen.«

Der Mann hatte eine angenehme Stimme, eine offene Art, und Vanning sagte sich, daß nichts Ungewöhnliches an der Sache war. Der Mann wollte einfach nur Feuer und ein paar Minuten quatschen, und wenn Vanning anfangen würde, sich über solche Kleinigkeiten Sorgen zu machen, könnte er genausogut gleich in ein Sanatorium gehen.

Der Mann lehnte sich gegen eine Hauswand, und

Vanning steckte sich auch eine Zigarette an. Sie standen da, wie ein Paar ruhiger Tiere in einem stillen Wald. Die Nacht umschloß sie, die Straßen waren still und die Hitze übermächtig.

»Ich frage mich, wie das die Leute in den Tropen aushalten«, sagte der Mann.

»Sie sind dort geboren.«

»Ich glaube nicht, daß ich das aushalten könnte«, fuhr der Mann fort. »Waren Sie mal in der Nähe des Äquators?«

»Einige Male.«

»Wie ist das dort?«

»Großartig«, antwortete Vanning. »Man wird verrückt, aber man kümmert sich nicht darum, weil jeder verrückt wird.«

»Ich bin nie viel gereist.«

»Kommen Sie nie in die Nähe des Äquators«, warnte ihn Vanning. »Das hier ist nur zwanzig Prozent von dem, was Sie dort erwartet.«

»Wann waren Sie dort?«

»Während des Krieges.«

»Ich habe nicht daran teilgenommen«, bemerkte der Mann. »Frau und Kinder.«

»Sie haben mich zur Marine geschickt«, erklärte Vanning, hörte, wie er es sagte, und nahm sich vor, seinen großen Mund zu halten. Er entschied, daß es an der Zeit wäre weiterzugehen.

Aber der Mann fragte: »Haben Sie viel mitbekommen?«

»Genug.«

»Wo?«

»Bei Borneo.« Vanning sagte sich, daß es in Ordnung wäre. Es würde vielleicht noch eine weitere Minute dauern, und dann würde er dem Mann mitteilen, daß er jemanden in Jimmy Kellys Bar oder sonstwo treffen müßte, und er würde weggehen, und der Zwischenfall würde zu einem der kleinen Ereignisse verblassen, die niemals auf der Titelseite oder im Geschichtsbuch erschienen.

»Ich beneide Sie«, bekannte der Mann.

»Warum?«

»Der weiteste Punkt, den ich jemals von New York entfernt war, ist Maine gewesen. Ich bin dort gewöhnlich im Sommer hingefahren, bevor die Lage so schlecht wurde.«

»Schwere Zeiten?«

»Ziemlich«, antwortete der Mann.

»Was ist Ihr Beruf?«

»Forschung.«

»Für die Wirtschaft?«

»Mehr oder weniger.«

»Ich bin in der Werbung«, erklärte Vanning.

»Bei einer Agentur?«

»Freischaffend.«

»Wie kommt ihr Leute zurecht?«

»Es schwankt. Wir wissen nicht, wovon das abhängt. Vielleicht von den Sonnenflecken.«

»Ich glaube, wir bekommen eine neue Wirtschaftskrise«, vermutete der Mann.

»Schwer zu sagen.«

Der Mann ließ seine Zigarette auf den Bürgersteig fallen und trat sie aus. »Nun gut«, sagte er, »ich glaube, ich gehe jetzt. Meine Frau wartet immer auf mich.«

Vanning wollte die ganze Sache beenden, stellte aber fest, daß er fragte: »Sind Sie schon lange verheiratet?«

»Elf Jahre.«

»Ich wünschte, ich wäre verheiratet.«

»Sie sagen das, als ob es Ihnen ernst damit wäre.«

»Ist es auch.«

»Es hat seine Vorteile«, bekannte der Mann. »Anfänglich waren wir soweit, uns zu trennen. Es gab Zeiten, da saß ich beim Frühstück, sie auf der anderen Seite des Tisches, und ich fragte mich, ob es möglich wäre, sie loszuwerden. Dann fragte ich mich, warum, und mir fiel kein vernünftiger Grund ein.«

»Vielleicht wegen der Freiheit.«

»Sie haben Ihre Freiheit.«

»Es wird langweilig. Ich glaube, wenn man normal ist, sollte man jemanden haben. Man sollte jemanden nur für sich haben, und er sollte immer da sein.«

»Und das wird nicht langweilig?«

»Nein.«

»Was denken Sie darüber?« erkundigte sich Vanning.

»Langeweile ist eine relative Sache.«

»Das soll keine Retourkutsche sein, oder?«

»Nein«, antwortete der Mann. »Ich meine es ganz ernst. Sie laufen herum und suchen ein Abenteuer, und wenn Sie es haben, dann ist es kein Abenteuer mehr. Das einzige Abenteuer dabei ist, danach zu suchen. Wenn Sie jemanden haben, dann können Sie gemeinsam nach einem Abenteuer suchen.«

»Wird das jetzt nicht ein bißchen zu philosophisch?«

»Ich habe sie beim Tanzen getroffen«, erklärte der Mann. »Es war ganz schön schwer, mit ihr anzubändeln. Sie war noch nicht viel herumgekommen, und Sie wissen, wie das in New York ist. Ich wette, man findet in New York mehr Jungfrauen als in jeder anderen Stadt des Landes. Ich meine von der Einstellung her. Noch nicht einmal auf dem Lande. Das hier ist eine Stadt, in der die Frauen schon in jungen Jahren einen Verteidigungsmechanismus entwickeln. Man kann sich dabei kaputtmachen, den zu überwinden. Aber denken Sie nichts Falsches. Das war nicht der Grund, aus dem ich meine Frau geheiratet habe.«

»Warum haben Sie geheiratet?«

»Sie gefiel mir«, antwortete der Mann. »Wir haben eine

Menge Spaß zusammen gehabt. Ich weiß nicht, wer Sie sind, und ich werde Sie selbst in hundert Jahren nicht wiedersehen, also macht es nichts aus, wenn ich Ihnen das erzähle. Ich glaube, es ist keine schlechte Sache, sich von Zeit zu Zeit bei Fremden die Dinge von der Seele zu reden.«

»Da ist etwas Wahres dran.«

»In mir hat sich ein Gefühl für sie entwickelt«, fuhr der Mann fort. »Ich wollte sie besitzen und gleichzeitig auch nicht, und dann begann ich darüber nachzudenken. Es erreichte den Punkt, wo ich Sachen für sie kaufte und es mir Freude machte, wie ihr Gesicht strahlte, wenn sie die Päckchen öffnete. Das war mir noch nie vorher passiert. Wir gingen etwas länger als ein Jahr zusammen, dann zog ich los und kaufte die Ringe.«

»So läuft das immer.«

»Nicht immer«, widersprach der Mann. »Ich glaube, richtig verliebt in sie habe ich mich ungefähr zwei Jahre nach der Hochzeit. Zu diesem Zeitpunkt war sie im Krankenhaus. Wir bekamen unser erstes Kind. Ich erinnere mich, wie ich am Bett stand, sie lag da, daneben das Baby, und da durchfuhr es mich. Das war es, vermute ich. Das war der eigentliche Anfang.«

»Wie viele haben Sie jetzt?«

»Drei.«

»Drei ist genau richtig.«

»Es sind prächtige Kinder«, ergänzte der Mann. Er hob sein Handgelenk vor die Augen und spähte auf das Zifferblatt einer kleinen, kompakten Uhr. »Nun«, sagte er, »ich muß mich beeilen. Machen Sie's gut.«

»Werd' ich«, entgegnete Vanning, als der Mann sich auf den Weg machte. »Viel Glück.«

»Danke«, gab der Mann zurück, als er die Straße überquerte. Er bog um eine Ecke, ging einen Block weiter und überquerte eine weitere Straße. Ein Taxi kam träge die Straße herunter, der Fahrer hing lustlos hinter dem Steuer, und eine Zigarette baumelte auf wunderbare Weise von seinen Lippen herab. Der Mann hob seinen Arm, winkte, und das Taxi fuhr an den Bordstein. Der Mann stieg ein und nannte dem Fahrer eine Adresse auf der East Side, etwas nördlich der 42. Straße, in dem Teil der Stadt, der als Tudor-City bekannt war. Der Fahrer warf den zweiten Gang ein, und dann waren sie auf ihrem Weg.

In etwas mehr als fünf Minuten war der Mann zu Hause. Seine Wohnung lag im siebten Stock eines Hauses, das früher der oberen Mietkategorie angehört hatte, aber jetzt etwas billiger geworden war. Im Lift zündete er sich eine Zigarette an, schaute, als er den Aufzug verließ, nochmals auf seine Armbanduhr und sah die Zeiger auf Viertel vor zwölf stehen. Als er den Flur entlangging, holte er einen Schlüsselbund aus seiner Hosentasche, und als er die Tür mit der Nummer 714 erreichte, blickte er erneut auf die Uhr. Dann steckte er den Schlüssel ins Schloß, öffnete die Tür und betrat die Wohnung.

Es war ein angenehmer kleiner Ort, wirklich klein für eine fünfköpfige Familie, aber so möbliert, daß man den Eindruck erhielt, er wäre größer. Das Hervorstechendste war ein breites Fenster, durch das man den East River sah. Ein großes Klavier stand in der Wohnung, das ihn für einige Monate in die roten Zahlen gebracht hatte. Es gab einen annehmbaren Sekretär mit einem Aufbau, hinter dessen Glasscheiben sich einige anspruchsvoll erscheinende Bücher befanden. Die oberste Reihe wurde von einer Ausgabe eines Lexikons eingenommen, aber in den Reihen darunter befanden sich ausschließlich Erwachsenenbücher. Eine ganz schöne Anzahl von Freud, Jung, Horney und Menninger sowie die Werke einiger weniger bekannter Psychoanalytiker und Neurologen. Die Kinder kletterten immer auf die Stühle, um an das Lexikon zu kommen, und ab und zu trieben sie auch mit den anderen Büchern Unfug, wobei sie manchmal mit Bleistiften auf den Seiten kritzelten, aber die oberste Reihe war die einzige Stelle, an der das Lexikon Platz hatte, denn die übrigen Reihen waren nicht hoch genug. Es hatte Auseinandersetzungen darüber gegeben, besonders als die sechs Jahre alte Tochter alle Bilder aus einem speziellen Werk der Pathologie des menschlichen Nervensystems herausgerissen hatte, aber es gab nicht genug Platz für ein weiteres Bücherregal, und es war ziemlich nutzlos, sich viele Gedanken darüber zu machen.

Er betrat das Wohnzimmer. Seine Frau legte ein Buch weg, stand auf und kam ihm entgegen.

»Hallo, Mr. Fraser.«

»Hallo, Mrs. Fraser.«

Er küßte sie auf die Wange. Sie wollte einen Kuß auf den Mund, also küßte er sie auf den Mund. Sie war ungefähr drei Zentimeter größer als er, dabei eher schlank und hatte die Art von Gesicht, die die Werbung in Modemagazinen einsetzte, wenn man nicht wollte, daß die Leute zu sehr auf das Gesicht achteten. Es war ein interessantes Gesicht, selbst wenn nichts Sensationelles darin lag. Es war interessant, weil es Zufriedenheit ausstrahlte, aber keine Selbstgefälligkeit.

Sie legte ihre Hände an die Seiten seines Kopfes und massierte ihm die Schläfen. »Müde?«

»Ein bißchen.«

»Wie wär es mit etwas zu trinken?«

»Ich könnte etwas zu essen gebrauchen.«

»Ein Sandwich?«

»Kein Fleisch. Irgend etwas Leichtes. Mein Gott, ist das eine Hitze.«

»Ich konnte die Kinder kaum ins Bett kriegen. Sie ertrinken in ihrem Schweiß.«

»Du machst einen kühlen Eindruck.«

»Ich war eine Stunde lang in der Badewanne«, sagte sie. »Komm in die Küche, ich mach dir was zu essen.«

In der Küche setzte er sich an einen kleinen, weißen Tisch, und sie begann einen Salat anzurichten.

Sie war mit dem Ergebnis zufrieden und gab noch ein paar Sachen dazu, so daß es für zwei reichte. Es stand ein Krug mit Limonade da, sie füllte noch Zucker, Eis und Wasser nach und setzte sich dann zu ihrem Mann an den Tisch.

Sie beobachtete, wie er den Salat in Angriff nahm. Er schaute hoch und lächelte sie an; sie lächelte zurück.

Sie schenkte ihm etwas Limonade ein, und als er eine Gabel mit einem Salatblatt und einem hartgekochten Ei in Richtung seines Mundes hob, fragte sie: »Hast du nichts zu Abend gegessen?«

»Wer kann bei diesem Wetter essen?«

»Ich dachte, vom Fluß her würde ein Wind wehen.«

»Ich hätte dich und die Kinder aufs Land schicken sollen.«

»Das haben wir schon besprochen.«

»Es ist noch nicht zu spät dafür«, sagte er.

»Vergiß es«, entgegnete sie. »Die Hitzeperiode ist fast vorbei.«

»Ich könnte mir in den Hintern treten.«

»Wir werden nächstes Jahr gehen.«

»Das haben wir auch letzten Sommer gesagt.«

»Ist das meine Schuld?«

»Nein«, räumte er ein, »es ist meine. Es tut mir leid, Liebling, es tut mir wirklich leid.«

»Weißt du was?« fragte sie leise. »Du bist ein sehr lieber Kerl.«

»Ich bin überhaupt nicht lieb. Ich habe an das Geld gedacht.«

»Sie verlangen heutzutage viel zu viel«, erklärte sie. »Die Preise, die sie haben, sind völlig verrückt. Du solltest mal sehen, was sie draußen auf Long Island verlangen.«

»Ich denke mehr an das Landesinnere.«

»Du machst dir Sorgen wegen der Kinder.«

»Wegen dir und der Kinder.«

»Oh, hör auf«, sagte sie. »Du tust schon genug.«

»Ich werde mein Glück machen. Nächste Woche kaufe ich eine Yacht.«

Sie nahm sich Mayonnaise auf ihren Salat, verteilte sie, aß eine Weile, und während sie sich auf das Essen konzentrierte, fragte sie: »Gibt's was Neues?«

»Ich warte noch ab.« Er nahm einen Schluck Limonade. »Er ist ein ausgekochter Kerl.«

»Ist er immer noch da?«

»Immer noch. Heute abend habe ich mit ihm gesprochen.«

Sie hörte auf zu essen und schaute ihn an. »Was ist passiert?«

»Ich habe einfach mit ihm geredet. Nichts Besonderes. Er kam ungefähr gegen elf Uhr raus und ging in den Park. Ich bin ihm gefolgt, und als er den Park verließ, trat ich auf ihn zu und bat um ein Streichholz. Das ist alles.«

»Hat er nichts gesagt?«

»Nichts, was mir helfen würde. Er ist ein schwieriger Typ. Wenn irgend etwas Kriminelles an ihm wäre, würde ich es merken.«

»Nun, nun …«

»Ich bin davon überzeugt, Liebling. Er hat mich soweit. Zwei Cents, und ich gehe ins Hauptquartier und sage ihnen, daß sie auf der falschen Spur sind.«

»Und wenn ich dir die zwei Cents gebe?«

»Ich nehm's zurück«, antwortete er.

Sie schüttete mehr Limonade in sein Glas. »Ich habe

deinen braunen Anzug in die Reinigung gebracht. Und du könntest auch ein zweites Paar Schuhe gebrauchen.«

»Ich warte damit bis zum Herbst.«

Sie schaute ihm in die Augen und sagte: »Du leistest dir nie etwas.«

»Ich komme schon zurecht.«

»Das tust du«, bestätigte sie, stand auf und ging zu ihm. Ihre Finger glitten durch sein Haar. »Eines Tages wirst du ein bedeutender Mann sein.«

Er lächelte zu ihr auf. »Ich werde nie bedeutend sein«, widersprach er. »Aber ich werde immer glücklich sein.« Er nahm ihre Hand, küßte sie und schaute wieder zu ihr hoch. »Liebst du mich?«

»Natürlich.«

»Setz dich auf meinen Schoß.«

»Ich habe zugenommen.«

»Du bist leicht wie eine Feder.«

Sie setzte sich auf seinen Schoß. Er trank noch etwas von der Limonade und gab auch ihr einen Schluck. Sie fütterte ihn mit Salat und nahm sich selbst auch etwas. Sie schauten sich an und lachten leise. »Gefällt dir mein Haar?«

Er nickte, legte seine Hand auf ihr Haar und spielte damit. »Ihr Frauen habt es schwer im Sommer mit all den Haaren.«

»Im Winter ist es sehr angenehm.«

»Ich wünschte, es wäre schon Winter. Ich wollte, dieser Fall wäre schon abgeschlossen.«

»Du wirst ihn bald abschließen.«

»Das ist ein Problem.«

Sie lächelte ihn von der Seite an. »Und du wirst es lösen.«

»Nicht dieses«, entgegnete er. »Das hier ist etwas anderes. Etwas an dieser Sache stimmt mich nachdenklich. Es ist die Art, wie er redet. Sein Ton. Ich weiß nicht …«

Sie stand auf. »Ich will nachsehen, ob die Kinder eingeschlafen sind.«

Fraser zündete sich eine Zigarette an und lehnte sich etwas zurück, um sie zu beobachten, wie sie das Wohnzimmer durchquerte. Als die Wand ihm die Sicht nahm, beugte er sich vor und zog tief an seiner Zigarette, wobei er auf das leere Glas vor sich starrte. Falten zeigten sich auf seiner Stirn und wurden immer mehr zu einem Runzeln. Das leere Glas sah immer leerer aus.

3

In dieser speziellen Kneipe im Village war nicht viel los. Vier Männer, die am gegenüberliegenden Ende der Bar saßen, diskutierten leise über Rennpferde. Ein junger Mann und eine junge Frau verbrachten ihre Zeit mit großen, kalten Drinks und damit, sich gegenseitig anzulächeln. Ein kleiner, dicker Mann stierte dumpf auf sein Glas Bier.

Vanning wandte sich wieder seinem Gin-Rickey zu. Ein eigenartiges Gefühl der Verlassenheit kam über ihn, und er wußte, es war genau das und nichts sonst. Er wollte mit jemandem sprechen; egal, über was. Und wieder sah er sich in einem Spiegel, diesmal war es der Spiegel hinter der Bar, und er sah in seinen Augen den Ausdruck eines Mannes, der keinen Freund hatte. Er fühlte etwas Mitleid mit sich. Mit dreiunddreißig sollte ein Mann eine Frau und zwei oder drei Kinder haben. Ein Mann sollte ein Heim haben. Ein Mann sollte nicht hier allein an einem Ort ohne Bedeutung und ohne Zukunft stehen. Es sollte einen wirklich guten Grund geben, um morgens aufzustehen. Es müßte etwas passieren, es müßte einen Sinn in seinem Leben geben. Wieder kam einer jener tiefen Seufzer über seine Lippen. Vanning bemerkte es, und es gefiel ihm nicht. In den letzten Tagen seufzte er zuviel auf diese

Weise. Er trank aus, stürzte dabei die letzten paar Schlucke zu schnell hinunter, um einen Geschmack zu bemerken, und dann bestellte er einen weiteren Drink. Während Vanning darauf wartete, entdeckte er, daß der kleine, untersetzte Biertrinker unsicher zu ihm hinüber blickte. Es war offensichtlich, daß der dicke Kerl auf eine Unterhaltung aus war, denn er war auch einsam. Dann kam der Drink.

Vanning schenkte dem Dicken ein freundliches Lächeln, das akzeptiert und zurückgegeben wurde. Vanning brachte seinen Drink die Bar hinunter, hielt sich an dem Lächeln fest und sagte: »Nun, das ist auch eine Art, mit der Hitze fertigzuwerden.«

Der Dicke nickte. »Etwas liebe ich am Bier«, antwortete er. »Wenn es in einem drin ist, bleibt es kalt. Bei Whiskey ist das nicht so.«

»Ich denke, Whiskey ist ein Getränk für den Winter«, entgegnete Vanning, und plötzlich bemerkte er, daß dies eine ziemlich dumme Unterhaltung werden würde. Wenn er nicht das Thema auf etwas anderes brächte, dann würden sie für den Rest des Abends über Getränke reden. Er fragte sich, über was sie sprechen konnten, und zog für einen Moment Baseball in Betracht, aber davon mußte er Abstand nehmen, weil er in bezug auf Baseball ganz sicher nicht auf dem laufenden war. Er wußte noch nicht einmal, wie die Tabelle aussah. Es war schon lange her, seit er das letzte Mal die Sportseite der Zeitung aufgeschlagen hatte.

Und nun, da es nichts mehr zu sagen und nichts Besseres zu tun gab, widmete sich Vanning wieder seinem Drink.

»Sie wirft Ihnen Blicke zu«, bemerkte der dicke Kerl auf einmal.

Vanning schluckte und brachte den Gin hinunter. Er blickte den Dicken an und fragte: »Was?«

»Gerade ist eine Frau hereingekommen.«

Vanning stand weit über die Bar gebeugt und musterte

sein Glas und den Inhalt. Ohne zu wissen, warum, antwortete er gehässig: »Frauen kommen immer herein.«

»Diese ist nicht schlecht.«

»Keine von ihnen ist schlecht«, entgegnete Vanning. »Sie alle sind wunderbar.«

»Ich habe nur gedacht, ich erwähne es mal.«

»Danke«, sagte Vanning. »Danke, daß Sie es erwähnt haben.«

Der Dicke zuckte mit den Schultern und goß etwas Bier seine Kehle hinunter. Für eine kurze Zeit war er still, dann bemerkte er: »Zu schade, daß Sie nicht interessiert sind.«

»Warum?«

»Sie ist es.«

»Das ist nett«, antwortete Vanning. »So etwas stärkt immer das Selbstbewußtsein.«

»Ich wünschte, sie würde mich ansehen.«

»Vielleicht stehe ich im Blickfeld.«

»Oh, das ist schon in Ordnung«, erwiderte der Dicke.

»Ich denke nicht.« Vanning lachte kurz und leise. »Ich werde ein Stück zur Seite rücken oder draußen einen Spaziergang machen. Ganz wie Sie wollen.«

»Machen Sie das nicht. Es würde mir nichts nützen. Ich bin nicht ihre Kragenweite.«

Die Bosheit in Vanning verflog. Er drehte sich zu dem dicken Kerl und sagte mitfühlend: »Nun, warum unternehmen Sie keinen Versuch?«

»Ach, lassen Sie's«, unterbrach ihn der Dicke mürrisch. »Ich bin nur ein fettes Schwein und nicht geistvoll genug, daß die Leute darüber hinwegsehen würden.«

»Eine Drüsengeschichte?«

»Nein, nichts mit den Drüsen. Appetit. Ich hatte heute schon sechs Mahlzeiten, und der Abend ist noch nicht zu Ende. Gegen meinen Appetit habe ich nicht mehr Chancen als ein Eskimo in der Sahara.«

»Nicht doch«, entgegnete Vanning leicht amüsiert. »Es ist doch nicht so hoffnungslos. Versuchen Sie es mal. Wer nicht wagt ...«

»Ja, das kenne ich alles, und wenn ich glaubte, es bestände eine Chance von tausend zu eins, ein Hallo zu bekommen, würde ich es versuchen. Aber wenn ich jemals etwas Hoffnungsloses gesehen habe, dann ist es das. Das ist nicht meine Spielklasse. Schauen Sie sie an, und Sie werden begreifen, was ich meine.«

»Lassen Sie sich nicht von den Frauen abschrecken«, riet ihm Vanning und hob erneut sein Glas. »Sie sind nicht giftig.«

»Vielleicht könnten Sie mich davon überzeugen, aber in der Art, wie Sie das sagen, merkt man, daß Sie es nicht so meinen. Ihnen ist übel mitgespielt worden, Kumpel, mich können Sie nicht täuschen. Man hat Ihnen wirklich übel mitgespielt.«

Vannings Hand schloß sich fester um das Glas, und er stellte es ab. Er legte seine zehn Finger auf die Oberfläche der Bar, atmete tief durch und starrte geradeaus. »In Ordnung«, sagte er. »Was ist daran Besonderes?«

»Nichts«, bekannte der Biertrinker. »Auch mir hat man übel mitgespielt.«

»Das ist traurig. Sollen wir nun anfangen, uns gegenseitig an der Schulter des anderen auszuweinen, oder meinen Sie nicht, daß es vielleicht eine gute Idee wäre, die ganze Sache auf sich beruhen zu lassen? Wollen Sie noch ein Bier?«

»Sie schaut Sie ganz bestimmt an.«

»Nun gut denn«, sagte Vanning, »also kein Bier mehr. Und tun Sie mir einen Gefallen, liefern Sie mir keine Reportage von dem, was am anderen Ende der Bar vorgeht.«

»Ich wette, ich weiß, was los ist.« Und der dicke Kerl

zeigte ein freudiges, schlaues Grinsen. »Sie sind einer von den schüchternen Typen. Ich wette, Sie haben Angst.«

»Angst?«

»Genau das habe ich gesagt.«

»Angst«, murmelte Vanning und griff nach der abgerundeten Kante der Bar. »Angst. Ich habe Angst.«

Der Biertrinker wartete eine Weile und fragte dann: »Entschuldigen Sie bitte, mein Freund, aber würde es Ihnen etwas ausmachen, mir zu sagen, was mit Ihnen los ist?«

»Ich habe Angst«, antwortete Vanning.

»Ich gehe mir ein Sandwich genehmigen«, erklärte der Dicke. »Essen löst alle meine Probleme, und gerade das Essen selbst ist mein größtes Problem. So ist es nun mal, mein Freund, und ich sage Ihnen, das ist ein Teufelskreis, ganz bestimmt.«

»Das glaube ich«, stimmte Vanning zu.

Der dicke Kerl bezahlte seine Rechnung, drehte sich von der Bar weg und ging auf die Tür zu. Vanning beobachtete ihn, und dann glitt sein Blick zur Seite zu dem Teil der Bar, wo sie alleine in einem gelben Kleid stand. Sie hatte eine dralle Figur, üppig, aber auf eine angenehme Art.

So um die Sechsundzwanzig, schätzte Vanning, während er sie ansah und sie seinen Blick direkt erwiderte. Und die erste zusammenhängende Überlegung, die ihm kam, war der Gedanke, daß sie nicht an diesen Ort paßte, sie gehörte nach Hause, ein gutes Buch lesend, und morgen früh sollte sie einen Kinderwagen durch den Park schieben. Alles das lag in seinem Blick, als er dastand und sie ansah, und die Bestätigung all dessen war in ihren Augen, wie sie seinen Blick zurückgab.

Selbst auf diese Entfernung konnte er erkennen, daß sie – abgesehen von etwas Lippenstift – ungeschminkt war.

Aber trotzdem war Farbe in ihrem Gesicht. Neben der Sonnenbräune lag ein ziemlich deutlicher, tiefroter Schimmer auf ihren Wangen. Er glaubte nicht, daß er der Grund dafür war. Diese tiefe Röte war wahrscheinlich ihre übliche Gesichtsfarbe. Es war auf jeden Fall ein bemerkenswertes Gesicht, es paßte zu ihrer übrigen Erscheinung, und er wußte nun, warum sich der Dicke zurückgezogen hatte. Das glänzende, blonde Haar, das offen, strubbelig und hübsch auf ihre Schultern fiel, war ein weiterer Umstand, der es dem dicken Kerl so schwer gemacht hatte.

Sie schaute weiterhin Vanning an, er schaute weiter sie an, und schließlich sagte er sich, daß es Neugierde und sonst nichts war, was ihn dazu brachte, seinen Drink zu nehmen und zu ihr hinüberzugehen.

Sich in ihre Richtung zu bewegen hatte mehr den Anschein, als käme sie auf ihn zu, und ihre Ausstrahlung war überwältigend. Er konnte das nicht begreifen, denn damit einher ging etwas Geheimnisvolles, das durch die Tatsache, daß sie alles andere als geheimnisvoll oder schwer einzuschätzen aussah, nur noch geheimnisvoller wurde. Er entschloß sich, den Versuch, es zu verstehen, aufzugeben.

»Kennen Sie mich?« fragte Vanning.

»Nein.«

»Warum schauen Sie mich dann an?«

»Darf man das nicht?«

Vanning blickte sie mit leicht geneigtem Kopf finster an. Sie stand da und musterte ihn. Er hatte das Gefühl, daß sie ihm einiges voraus hatte, und das gefiel ihm nicht.

»Ich denke, Sie dürfen hinsehen, wo Sie wollen«, räumte er ein. »Ich weiß aber nicht, was Sie erwarten zu sehen.«

»Da bin ich mir auch nicht sicher.«

»Wenn Sie einen Stift und Papier haben«, fuhr Vanning fort, »dann schreibe ich Ihnen gern einen kurzen Lebenslauf.«

»Das wird nicht nötig sein. Aber Sie können mir sagen, was für einen Beruf Sie haben.«

Vanning lachte. Das war auch eine Art, die Zeit herumzubringen, überlegte er sich. Er war nicht in der Lage, sich die Wahrheit einzugestehen. Doch die Wahrheit existierte in ihm, und sie lautete, daß eine Frau innerhalb von ein paar schrecklich kurzen Momenten ihn eingewickelt hatte und er keine Lust verspürte, sich zu befreien.

»Ich bin Maler«, antwortete er.

»Häuser?«

»Häuser, Pferde, Füllhalter, alles, was die Leute wollen.«

»Oh«, erwiderte sie, »dann sind Sie also ein Künstler.«

»Wenn Rembrandt verzeiht, ja.«

»Ich habe nicht erwartet, daß Sie ein Künstler sind. Ich dachte ...«

»Lastwagenfahrer, Hafenarbeiter, Schwergewichtsringer.«

»Etwas in dieser Richtung.«

»Enttäuscht?«

»Oh, nein. Sind Künstler nicht faszinierend?«

»Ich bin ein Werbegrafiker«, erklärte Vanning. »Das heißt, ich bin ein Verkäufer, ich bin Teil der riesigen Verkaufsbranche, und in Wirklichkeit werde ich dafür bezahlt, schöne Bilder zu malen.«

»Das hört sich nach einer netten Art, seinen Lebensunterhalt zu verdienen, an.«

»Es hat seine Vorteile«, bestätigte Vanning. »Aber ich mache das den ganzen Tag lang und die Nacht. Ich will damit aufhören.«

»Tut mir leid.«

»Machen Sie sich keine Sorgen. Reden Sie mit mir, deshalb bin ich hier.«

»Um ein Mädchen zu treffen?«

»Um zu sehen, ob ich irgendwen Interessanten zum Reden finde.«

»Das ist sehr seltsam«, sagte sie.

»Wieso?«

»Ich hatte denselben Gedanken.«

»Das glaube ich nicht«, zweifelte Vanning. Er wandte seinen Blick ab und beobachtete, wie seine Finger an der weichen Rundung des hohen Glases hin und her glitten. »Ich denke, daß Sie hier herein kamen, weil Sie ein unglücklicher Mensch sind, sehr unglücklich und sehr enttäuscht von Männern und wahrscheinlich desillusioniert, aber doch nicht so desillusioniert, daß Sie bereit wären, alle Männer zum Teufel zu wünschen. Höre ich eben das Geräusch eines Klickens?«

»Weiter. Sprechen Sie.«

»Nun«, Vanning spielte weiter mit dem Glas, »ich habe den Eindruck, Sie sind etwas verzweifelt hier hereingekommen, so, als ob Sie sich noch ein paar Chancen geben, jemanden zu treffen, der es wert ist. Oder vielleicht ist das auch der letzte Versuch. Und Sie haben mich dort stehen gesehen und sich gesagt, daß dies ein Schuß ins Schwarze war, wenn Sie mich nur auf sich aufmerksam machen könnten.«

»Wissen alle Künstler so gut über die menschliche Natur Bescheid?«

»Das weiß ich nicht. Ich habe nichts mit anderen Künstlern zu tun. Ich schlage vor, wir machen eins nach dem anderen und reden erst über mich, wenn wir mit Ihnen fertig sind. Einverstanden?«

»Und wenn ich nicht einverstanden bin, machen Sie es trotzdem«, resignierte sie. »Weil es Ihnen am Herzen liegt. Es macht Ihnen Spaß.«

»Nicht ganz das, was Sie unter Spaß verstehen. Aber ich glaube, es würde uns guttun, wenn wir aufhören, darum herumzureden. Ich meine, erzählen Sie ganz vom Anfang an, und seien Sie offen. Das spart uns eine Menge Zeit, und manchmal erspart es auch eine Menge Schwierigkeiten, die später dann folgen.«

»Wieso glauben Sie, daß es ein Später geben wird?«

»Ich sagte nicht, daß es eins geben würde. Ich versuche eigentlich nur, mit Ihnen aufzuschließen. Ich bin sicher, Sie sind abgeklärt genug, das nicht als Angriff aufzufassen.«

Sie lächelte. »Ich heiße Martha.«

»Jim.«

»Hallo, Jim.«

»Hallo. Wollen Sie noch etwas trinken?«

»Ich habe genug gehabt, danke. Ich glaube sogar zuviel auf nüchternen Magen.«

»Das können wir ändern«, schlug Vanning vor. »Wenn ich darüber nachdenke, dann war alles, was ich heute abend gegessen habe, ein Sandwich.«

Er bezahlte die Drinks, und sie verließen die Bar. Jetzt konnte man den Eindruck haben, daß die Hitze etwas nachließ und vom Hudson eine frische Brise herüberkam. Es ging auf Mitternacht zu, die Straßen wurden ruhig, und das Leben verlagerte sich in die Bars und Nachtklubs.

Vanning schaute die Frau an: »Haben Sie einen bestimmten Ort im Kopf?«

»Etwas abseits der 4. Straße gibt es ein kleines Restaurant. Ich weiß aber nicht, ob es noch offen hat.«

»Versuchen wir es.« Das Restaurant lag sehr abseits der 4. Straße, und das schwache, gelbe Licht, das aus dem Fenster fiel, war die einzige Beleuchtung in der schmalen Straße. Vanning führte sie hinein, und sie setzten sich an einen kleinen Tisch in der Nähe des Fensters. Sie waren die einzigen Gäste in dem sehr kleinen Restaurant. Der Kellner war der Besitzer, und er erweckte den Anschein, als ob ihm eins seiner Gerichte sehr gut getan hätte. Er versuchte, freundlich zu sein, aber die Müdigkeit verhinderte, daß es ihm gelang. Er nahm ihre Bestellung auf und ging weg.

»In Ordnung«, sagte Vanning und beugte sich zu ihr hinüber. »Jetzt erzählen Sie.«

»Nun, ich war verheiratet. Jetzt geschieden, keine Kinder. Ich bin Verkäuferin für Glasartikel in einem Warenhaus. Ich lebe allein in zweieinhalb Zimmern hier im Village.«

»Ich möchte die Adresse und die Telefonnummer.«

»Sofort?«

»Ich sage Ihnen, warum. Es besteht die geringe Möglichkeit, daß ich Sie vielleicht überstürzt verlassen muß. Fordern Sie keine Erklärung, es ist nur für den Fall, daß es dazu kommt. Ich möchte Sie wiedersehen.«

Sie öffnete ihre Handtasche und nahm einen Stift und ein kleines Notizbuch heraus. Sie schrieb etwas auf und reichte ihm das Stück Papier. Ohne darauf zu sehen, faltete er es zusammen und steckte es in seine Brieftasche.

»Nun«, fragte sie, »was ist mit Ihnen?«

»Ich war niemals verheiratet. Ich komme von Detroit und habe in Minnesota Ingenieurwesen studiert. Wenn Sie an sportlichen Erfolgen interessiert sind, ich war Footballspieler der Westküstenauswahl. Dann war ich in Mittelamerika, und wir haben den Leuten dort ein paar neue Sachen in bezug auf Elektrizität, Wasserkraft und ähnliches gezeigt. Während ich dort unten war, habe ich mit dem Malen angefangen. Bald spielte mein Ingenieurberuf nur noch die zweite Geige, und als ich in die Staaten zurückkam, schrieb ich mich an einer Kunstakademie in Chicago ein. Wenn ich viel Geld gehabt hätte, hätte ich mich den Schönen Künsten gewidmet. Aber ich hatte nur sehr wenig und mußte Gebrauchsgrafik machen. Die Dinge entwickelten sich ganz gut, und das Glück blieb mir durch all die Jahre treu, sogar im Krieg. Ich habe noch nicht einmal einen Kratzer abbekommen.«

»Wobei waren Sie?«

»Marine. Trefferkontrolloffizier auf einem Kriegsschiff.«

Ein dümmlicher Klang hatte sich in seine Stimme geschlichen, und er wollte ihn loswerden, er wollte amüsant und unterhaltend sein. Vanning wollte ihr einen vergnügten Abend bereiten. Er sagte sich, daß es eine gute Sache war, die ihm da widerfuhr. Martha war etwas Reines und Erfrischendes; er war sich sicher, daß es das war, was er an diesem Abend vorausgeahnt hatte. Er war glücklich, und doch verspürte er ein unbestimmtes Gefühl, das mit dem Glück einherging und das er nicht greifen konnte.

Das Essen wurde gebracht, und sie aßen stumm. Von Zeit zu Zeit hob er seinen Blick und beobachtete sie ein oder zwei Augenblicke lang. Ihm gefiel die Art, wie sie mit stillem Genuß aß. Sie ließ sich Zeit, ohne deshalb Zeit zu vergeuden. Ihre Tischmanieren waren einfach und locker, was es zu einem Vergnügen werden ließ, neben ihr zu sitzen.

Nach dem Essen bestellte Vanning Pfirsichlikör. Sie nippten an dem Likör und lächelten sich an.

»Ich sollte mich schämen«, hob sie an. »Ich meine für die Art, wie Sie mich aufgelesen haben. Oder eher, wie ich Sie aufgelesen habe. Aber Sie haben recht gehabt, Jim, ich war sehr einsam, oder sagen wir verzweifelt. Ich freue mich darauf, Sie wiederzusehen.«

»Wann?«

»Wann immer Sie Lust dazu haben.«

»Sie wissen nicht, wie schön sich das anhört.«

Martha trank ihren Likör aus, Vanning bezahlte die Rechnung, und dann gingen sie zur Tür. Sie mußten ein paar Stufen hinuntergehen, und dann, weil die Tür unter Straßenniveau lag, ein paar weitere Stufen zum Bürgersteig hinauf. Vanning öffnete die Tür, sie gingen die Stufen hinauf, und in diesem Moment wußte er, daß etwas nicht in Ordnung war. Er sah die Schatten, die in den Lichtschein des Restaurants fielen, und die Körper, die den Schatten folgten, und wollte sich umdrehen, zurück in das Restaurant laufen und es durch den Hinterausgang versuchen. Aber es war schon zu spät, und das war seine eigene Schuld gewesen. Er war wütend, und die Wut ließ ihn alle Vorsicht vergessen. Er ging an ihrer Seite die Stufen hinauf, ohne zu bemerken, daß sie neben ihm war. Doch plötzlich, als die drei Männer aus der Dunkelheit vor ihn hin traten, wußte er, daß er das erwartet hatte. Das war es wirklich, dies war die Sache, mit der er gerechnet hatte, daß sie heute abend passieren würde.

Die drei standen am oberen Ende der Stufen.

Und einer von ihnen – sein Gesicht war zur Hälfte dunkel, die andere Seite wurde vom Licht rotgelb beleuchtet – lächelte, nahm eine Zigarette aus dem Mund, senkte seinen Blick auf Vanning und sagte: »Okay, Kumpel. Nun ist es aus.«

Marthas Finger krampften sich um sein Handgelenk. Da bemerkte er, daß sie noch da war, und mit dieser Erkenntnis kam eine weitere wie ein Donnerschlag, die ihn betäubte und auf der Stelle schwanken ließ. Er griff nach ihrer Hand, drehte sie brutal um und stieß die Frau von sich. Sie stöhnte.

Von einem der Männer über ihm kam ein Lachen.

Vanning stieg die Stufen zu ihnen hinauf. Sie traten zurück, um ihm Platz zu machen, und dann umstellten die drei Männer Vanning und die Frau.

Einer der Männer schaute auf Martha und sagte: »Danke, Süße, das war gute Arbeit.«

»Ja«, bestätigte Vanning. »Das war großartig.«

»Du«, wandte sich der Mann, der gerade gesprochen hatte, grinsend an Vanning, »hältst deinen Mund. Du wirst ihn später aufmachen.« Dann schaute er an Vanning vorbei zu dem Mädchen und sagte: »Du kannst jetzt nach Hause gehen, Süße.« Er lachte ungezwungen. »Wir rufen dich an, wenn wir dich brauchen.«

»In Ordnung«, entgegnete sie. »Macht das.«

Darauf stieg sie die Stufen hinauf, und als sie vor Vanning stand, schaute sie ihn teilnahmslos eine sich dehnende Sekunde an, dann drehte sie sich um und ging davon.

Die drei Männer traten dicht an Vanning heran. Zwei von ihnen hatten ihre Hände in den Taschen von dunklen Kammgarnanzügen vergraben, doch die Hände allein waren nicht in der Lage, ihre Taschen so auszubeulen, und Vanning entschied, den Gedanken, daß er eine Chance hätte, aufzugeben.

Einer der Männer schlug vor: »Machen wir einen kleinen Spaziergang die Straße entlang.«

Die vier überquerten die Straße und gingen den Block hinunter, wo eine große, helle Limousine die einzige Unterbrechung in der mitternächtlichen Dunkelheit war.

Der Mann, der den größten Teil des Redens übernommen hatte, sagte: »Nun unternehmen wir eine kleine Autofahrt.« Er kletterte auf den Fahrersitz, während Vanning mit je einem Mann auf jeder Seite hinten saß. Sein Kopf war leer und seine Kehle trocken. In ihm machte sich eine Kälte breit, als der Wagen anfuhr, die Straße hinunterrollte, abbog und an Geschwindigkeit gewann. Sie fuhren Richtung Downtown, dann bogen sie von einer breiten Straße ab und bewegten sich auf die Brooklyn Bridge zu.

»Wenn du es uns jetzt gleich erzählst«, sagte der Mann hinter dem Steuer, »lassen wir dich frei, und du kannst nach Hause gehen.«

»Das kann ich mir vorstellen«, gab Vanning zu.

»Warum sagst du es uns nicht?« fragte der Mann. »Du wirst es uns früher oder später sowieso erzählen.«

»Nein«, erklärte Vanning. »Das kann ich nicht.«

»Du kannst es jetzt nicht, meinst du wohl. Weil du dich stark fühlst, aber das wird nicht lange so bleiben. Wenn wir dich soweit gebracht haben, daß du dich nicht mehr stark fühlst, dann wirst du uns sagen, was wir wissen wollen.«

»So ist das nicht«, entgegnete Vanning. »Ich habe kein Verlangen danach, mich verprügeln zu lassen. Wenn ich es wüßte, würde ich es auch sagen.«

»Laß diese Masche«, riet ihm der Mann. »Das gehört in die Märchenstunde. Das ist nichts, als auf die Tränendrüse zu drücken. Ist dir klar, wo dich das hinbringt? Nirgendwohin.«

»Er ist zu selbstsicher«, sagte der Fahrer. »Er ist viel zu selbstsicher, denke ich. Was sagt ihr dazu?«

»Ich meine, er ist zu selbstsicher«, antwortete der, der links neben Vanning saß. Es war ein großer Kerl, der eine Brille trug und diese jetzt sehr bedächtig abnahm, in ein Etui legte und in seine Tasche steckte.

»Was meinst du, Sam?«

»Ja, genau das ist er«, stimmte der Mann an Vannings rechter Seite zu, ein kleiner, drahtiger Kerl mit sehr wenigen Haaren auf dem Kopf. Seine Arme waren verschränkt, doch jetzt öffnete er sie langsam.

»Ich bin überhaupt nicht selbstsicher«, erklärte Vanning. »Ich bin ganz starr vor Angst.«

»Jetzt wird er komisch«, stellte der Fahrer fest. Sie waren auf der Brooklyn Bridge. Scheinwerferkegel zuckten an dem Wagen vorbei, brachen sich auf den Flanken anderer Wagen, und all die Lichter zuckten hin und her wie ein in einer schwarzen Gruft gefangener Blitz.

»Wie steht's?« fragte Sam.

»Warte eine Minute«, antwortete der Fahrer. »Warte, bis wir von der Brücke sind.«

»Ich denke, die Brücke ist der beste Ort«, meldete sich der Mann, der die Brille getragen hatte.

»Wir warten noch eine Weile«, bestimmte der Fahrer. »Nur eine kleine Weile, Pete, dann kannst du deinen Spaß haben.«

»Spaß?« fragte Vanning.

»Natürlich«, antwortete Pete lachend. »Je stärker sie sich fühlen, desto mehr Spaß hat man mit ihnen.«

»Du meinst, wenn sie an Händen und Füßen gefesselt sind, ja?«

»Ich merke, mit dir wird es viel Spaß machen«, entgegnete Pete.

Die grüne Limousine bog von der Brooklyn Bridge ab und stach nach Brooklyn hinein. Sie fuhr durch die Stadt und dann wieder hinaus in eine Gegend mit unbebauten Grundstücken und flachen Hügeln.

»Ich denke, jetzt ist es in Ordnung«, bemerkte Pete. »Was meinst du, John?«

»Warte noch eine Weile«, antwortete der Fahrer.

»Wir sind fast da«, meldete sich Sam. »Wie ist es, John? Nur ein bißchen, damit er sich daran gewöhnt.«

»Vielleicht hast du recht«, lenkte John ein. »Und danach drückt ihn auf den Boden und haltet ihn da. Ich möchte nicht, daß er die Gegend sieht, bevor wir angekommen sind. Und nun, wenn ihr wollt, könnt ihr ihn bearbeiten.«

Pete drehte sich und landete einen Schlag, der Vanning an der Seite des Kopfes traf; einen Augenblick später schlug Sam mit einem Schlagring gegen seinen Kiefer. Vanning senkte seinen Kopf und spürte den Schmerz und die Benommenheit, fühlte einen weiteren Schlag und noch einen und noch einen, dann fiel er auf den Boden und wurde getreten. Er fragte sich, wie lange es dauern würde, bis er das Bewußtsein verlöre. Er blickte hoch und sah den Schlagring auf sein Gesicht zukommen. Er drehte sich zur Seite, und der Schlagring verfehlte seinen Kopf. Dann traf ihn eine Schuhkante am Mund, und er merkte, daß es nur eine Art gab, wie die Sache enden konnte. Doch sie waren noch nicht soweit, ihn zu töten, und wenn er die geringste Chance bei dieser Sache haben wollte, dann war es jetzt an der Zeit, sie wahrzunehmen.

Er kam vom Boden hoch, täuschte Pete, dann drehte er sich und schickte beide Fäuste in Sams Gesicht. Die Gelegenheit nachzustoßen war da, aber anstatt sie zu nutzen, drehte sich Vanning erneut und richtete seine Aufmerksamkeit auf Pete. Er wich Petes ausgestrecktem Arm aus, dann duckte er sich unter dem Arm durch und setzte seinen Ellenbogen unter Petes Kinn und stieß damit zu Petes Kopf, flog dadurch ein ganzes Stück nach hinten. Dann schlug er Pete auf den Mund, drückte die Hand in dessen Mund und bearbeitete mit beiden Fäusten Petes Gesicht. Das war alles, was er mit Pete machen konnte, denn nun zog Sam einen Revolver. Sam fluchte, und eine Menge Blut floß aus seiner Nase.

»So schnell schon einen Revolver?« fragte Vanning.

»Steck die Waffe weg«, befahl John.

»Ich habe große Lust, ihn auszupusten.« Sam hielt die Waffe wenige Zentimeter von Vannings Kopf entfernt.

»Ich habe dir gesagt, steck die Waffe weg«, wiederholte John. »Du bist viel zu nervös mit einer Waffe, Sam. Das ist nicht gut. Ich habe dir das schon so oft gesagt. Gib Pete den Revolver.«

»Klar«, sagte Pete, und es klang dumpf durch das Blut. »Gib mir die Waffe.«

»Sei vorsichtig damit«, ermahnte ihn John. »Wir haben eine lange Nacht vor uns. Haltet ihn nur in Schach und auf dem Boden.«

Petes Fuß traf Vanning auf der Brust und warf ihn auf den Boden und gegen den Vordersitz. »Bleib da«, befahl ihm Pete. »Bleib einfach da und bedauere, was du getan hast.«

»Ich denke, es hat Spaß gemacht«, bemerkte Vanning. »Du nicht?«

»Der wirkliche Spaß hat noch nicht begonnen«, teilte Pete ihm mit.

Der Wagen machte mit quietschenden Reifen eine scharfe Kurve.

Vanning schloß seine Augen und sagte sich, daß es an der Zeit wäre, die Sache so zu akzeptieren, wie sie war. Und sie war sehr klar und sehr einfach. Heute nacht würde er sein Leben verlieren. Es war unvermeidlich gewesen, daß ihn die Geschichte eines Tages einholen würde, und obwohl er es schon lange begriffen hatte, hatte er versucht, es so lange wie möglich hinauszuzögern. Das war ganz natürlich, und er brauchte sich keine Vorwürfe zu machen, daß er das Natürliche getan hatte. Alles in allem war es eines dieser völlig unglücklichen Zusammentreffen, und es hatte an einem Tag begonnen, wo er einfach keine guten Karten bekommen konnte. Er hätte an diesem Tag sterben können oder am nächsten oder in der folgenden Woche. Er hätte an jedem der etlichen hundert Tage zwischen damals und heute sterben können; auf was es schließlich hinauslief, war, daß er auf Kredit lebte, und es war nur eine Frage der Zeit gewesen, wie lange es dauern würde, bis der Zahltag kam.

Der Wagen machte Kurven, fuhr weite Strecken ohne Kurven, machte wieder Kurven, dann umfuhr er etwas in einem weiten Bogen und wurde langsamer.

»Verbindet ihm die Augen«, befahl John.

»Warum der Umstand?« fragte Sam. »Das war seine letzte Reise.«

»Sag so etwas nicht«, bemerkte Vanning. »Das stimmt mich traurig.«

»Streck deinen Kopf hierher«, forderte ihn Pete auf. Er hatte ein großes Einstecktuch in den Händen, faltete es zusammen, nochmals zusammen und rollte es schließlich. Er legte es eng um Vannings Kopf und knotete es fest.

»Das ist zu fest«, beschwerte sich Vanning.

»Das ist wirklich zu schlimm«, meinte Pete ironisch.

Der Wagen hatte gehalten, und sie stiegen aus. Sie führten Vanning über eine Art von Feld. Er konnte das hohe Gras an seinen Knöcheln entlangstreichen fühlen. Dann wurde das hohe Gras von einem harten Untergrund abgelöst, auf dem sie einige Minuten gingen, und dann stiegen sie Stufen hinauf, die aus Holz sein mußten, da man deutliches Knacken vernahm. Danach das Geräusch eines Schlüssels in einem Schloß, den Laut einer sich öffnenden Tür, das Gefühl, einen ausgedehnten Raum zu betreten, durch den Raum gehend, von großen Händen gestoßen, zurückgehalten, wieder gestoßen zu werden. Nun eine steile Treppe, nun ein Korridor, dann das Öffnen einer weiteren Tür, das Geräusch eines Wandschalters und dann das Licht, das durch das Tuch vor seinen Augen drang. Er zwang seine Lippen zu einem Lächeln, und es gelang ihm. Es lag etwas Fatalismus darin und die Spur von Trotz, doch hinter dem Lächeln befand sich eine tödliche Furcht.

4

Lilafarbenes Licht fiel auf einen purpurnen Fluß. Darauf schwamm ein riesiges Fährschiff, das mit Menschen vollgestopft war. Die Fähre hatte ihre Maschinen gestoppt und trieb auf den Anlegeplatz zu, als plötzlich eine gewaltige Welle aus dem Nichts herankam, das Boot auf der Steuerbordseite traf und es umwarf. Und dann waren keine Menschen mehr zu sehen, nur die auf dem Rücken treibende Fähre. Der Fluß lag wieder still da. Und Fraser grub seinen Kopf in das Kissen und stöhnte. Er öffnete seine Augen, schloß sie wieder, öffnete sie erneut und sah seine Frau neben sich sitzen. Sie blickte auf ihn herab. »Du bist ganz durcheinander«, teilte sie ihm mit.

»Was habe ich gemacht?«

»Geräusche.«

»Habe ich gesprochen?«

»Ich konnte es nicht verstehen. Kann ich dir etwas bringen?«

»Nein«, lehnte Fraser ab. »Mach nur das Licht an.«

Sie knipste die Nachttischlampe an, worauf Fraser blinzelte und sich die Augen rieb. Er streckte seine Hand nach einem Tisch aus, der auf seiner Seite des Bettes stand, und fummelte mit einem Päckchen Zigaretten und Streichhölzern herum. Seine Frau wollte keine Zigarette, sondern daß er weiterschlafen sollte. Seine Zigarette anzündend stand er auf, ging zum Fenster und schaute hinaus. Der East River war eine schimmernde schwarze Fläche wie Teer und die Lichter wie Speerspitzen, die durch die drückende Nacht drangen.

Er nahm ein paar kurze Züge an der Zigarette. »Ich kriege es nicht aus meinem Kopf heraus.«

»Du solltest dir keine Gedanken machen«, entgegnete sie. »Du arbeitest schon vierundzwanzig Stunden am Tag.«

»Nicht immer.«

»Möchtest du ein Glas Wasser?«

»Ich kann es mir holen.«

»Ich hole es dir.«

Sie kletterte aus dem Bett, dann war Fraser alleine in dem Zimmer, und er entschied, sich anzuziehen und die Wohnung zu verlassen. Er zog sich gerade die Socken an, als sie mit dem Wasser zurückkam. Sie ließ ihn das Glas austrinken, dann nahm sie seine Schuhe und stellte sie in den Wandschrank zurück. »Zieh deine Socken aus«, forderte sie ihn auf, »und laß den Unsinn bleiben.«

»Ich habe das Gefühl, etwas unternehmen zu müssen.«

»Aus welchem Grund?«

»Keine Ahnung«, erklärte Fraser.

»Ich wollte, du würdest dir eine Arbeit in einem Büro suchen. Wenn du so weitermachst, sind deine Haare in Null Komma nichts grau.«

Sie setzte sich neben ihn auf die Bettkante und legte ihre Hand auf seine Schulter. Eine Zeitlang saßen sie ruhig da, dann stand Fraser auf und ging zu seiner Kommode. Er zog die oberste Schublade auf, nahm einen braunen Aktendeckel heraus und begann, sich die Unterlagen anzusehen. Er stand an der Kommode und studierte verschiedene Schriftstücke.

Das dauerte einige Minuten, und dann kam seine Frau zu ihm. Er schaute sie an, und sie sagte mit verschränkten Armen: »Jetzt hör auf damit.«

»Leg dich wieder schlafen.«

»Ich kann nicht schlafen, wenn das Licht brennt.«

»Leg deine Augenbinde an.«

»Du bist rücksichtslos.«

»Es tut mir leid«, entschuldigte sich Fraser. »Ich kann es nicht ändern.«

»Was ist los?« fragte sie. »Warum all die Umstände?«

»Es gibt so viele Details, die nicht zusammenpassen.«

»Mach morgen weiter. Bitte, Liebling, morgen.«

»Du legst dich wieder hin, und ich gehe ins Nebenzimmer.«

Sie legte sich wieder ins Bett, und Fraser begab sich in den anderen Raum. Im Wohnzimmer schaltete er das Licht an und setzte sich mit den Unterlagen hin. Ein paar Minuten später kam seine Frau ins Wohnzimmer.

»Ich kann nicht schlafen«, erklärte sie, »wenn du nicht schläfst.«

Er nahm die Papiere auf und steckte sie wieder in den Aktendeckel. »In Ordnung«, sagte er, »jetzt bin ich fertig.«

Sie hielt ihn zurück. »Nein, das bist du nicht. Du wirst die ganze Nacht kein Auge zumachen. Bleib sitzen und sprich mit mir. Erzähle mir davon.«

Fraser lächelte sie an. »Du hast eine sehr hübsche Nase.«

»Sie ist zu schmal.«

»Ich bin der Ansicht, sie ist sehr hübsch.« Er ließ einen Finger über ihren Nasenrücken gleiten. Dann schaute er von ihr weg und fing an, leicht und regelmäßig mit einer Faust in seine Handfläche zu schlagen. »Sie lassen mir alle Freiheiten, es auf meine Art zu machen«, erklärte er. »Wenn es daneben geht, ist es mein Fehler, ganz allein. Ich weiß genau, was ich zu tun habe, aber ich bin nicht unfehlbar. Niemand ist das.«

»Komm mir nicht mit Ausreden. Ich habe das College besucht und verstehe die Dinge.«

Fraser entfuhr ein Seufzen. »Es ist eine sehr verworrene Angelegenheit. Es ist wie eine dieser Geheimschriften, bei denen es immer schwerer wird, je mehr man schon gelöst hat.«

»Du wirst es schaffen.«

»Das bezweifle ich.«

»Glaubst du das wirklich?«

Er schaute sie an und nickte langsam. »Es ist eine harte Nuß, Liebling, eine verdammt harte. Mit dem, was ich bis jetzt habe, kann ich ihn sofort festnehmen lassen. Mit dem, was sie gegen ihn haben, können sie ihn vor Gericht bringen, und es steht hundert zu eins, daß er zum Tode verurteilt wird. Darum fällt es mir schwer zu schlafen.«

»Aber wenn es das ist, was er verdient …«

»Wenn.«

»Ist das dein Problem?«

»Normalerweise nicht. Aber dies ist eine ungewöhnliche Geschichte. Der Bericht sagt, daß dieser Mann ein Bankräuber ist. Ein Mörder. Alles paßt zusammen und ergibt einen Sinn. Sie haben Zeugen, haben Fingerabdrücke und einen ganzen Haufen logischer Schlüsse, die ihn zum Mittelpunkt der Sache werden lassen. Und das einzige, was ich dagegen setzen kann, ist lediglich ein ungutes Gefühl.«

»Was ist das? Etwa der gute, alte, menschliche Aspekt?«

»Nur eine Theorie.«

»Du hast eine Theorie, und sie haben die Fakten.«

»Ich weiß«, gab Fraser zu. »Ich weiß, ich weiß.« Er kratzte sich am Hinterkopf. »Wenn ich nur mit ihm sprechen könnte. Ich meine, wirklich sprechen. Wenn ich nur nicht in dieser verzwickten Lage wäre. Es ist ein ganz schöner Mist, denn jedesmal, wenn ich ins Hauptquartier komme, schauen sie mich mitleidig an.«

»Du brauchst bei diesem Fall Hilfe.«

»Ich brauche ein Wunder.«

»Du tust, was du kannst.«

»Genau das macht mir Sorgen«, sagte Fraser. »Das ist die beste Beschattung, die ich je durchgeführt habe. Ich kenne jeden Schritt, den er macht. Ich bin soweit, daß ich ihn über Nacht alleine lassen kann und ihn morgens, wenn er aufsteht, wieder übernehme. Ich weiß, was er zu Mittag ißt, welchen Rasierschaum er benutzt und wieviel er mit seiner Malerei verdient. Ich weiß alles, alles bis auf das, was ich wissen müßte.«

»Er ist einfach gerissen.«

»Er ist nicht gerissen«, widersprach Fraser. »Da ist etwas anderes, das lasse ich mir nicht ausreden. Er ist intelligent, aber er ist nicht gerissen. Wenn man ein Paradoxon sucht, hier ist eins der schwierigsten.«

»Du bist kein Gedankenleser. Auch keine Addiermaschine. Du hast nur einen Kopf und nur zwei Augen. Hör auf damit, dich selbst kaputt zu machen.«

Fraser stand auf, durchquerte das Wohnzimmer, kam

zurück zum Sofa und schaute die Wand an. »Es ist zum Verzweifeln«, stöhnte er. »Es ist wirklich zum Verzweifeln.«

»Was?«

»Sie hatten die Spur der anderen und haben sie verloren. Das kommt davon, wenn man Anfänger auf einen großen Fall ansetzt. Wenn ich daran denke, wie sie das verpatzt haben ...«

»Das ist deren Fehler, nicht deiner.«

»Es ist mein Fehler, falls Vanning auf den elektrischen Stuhl muß.«

»Warum bist du so sicher, daß er unschuldig ist?«

»Ich bin nicht sicher.«

»Worüber machst du dir dann Sorgen?«

»Für jemanden mit Collegeabschluß ist das eine dumme Frage.«

»Willst du mich ärgern?«

»Ich ärgere mich über mich selbst.«

Sie drückte ihn auf das Sofa, nahm seinen Kopf in ihre Hände und zwang ihn, sie anzusehen. »Ich mach dir einen Tee.«

»Schwarzen Kaffee.«

»Ich sagte Tee.«

»Na gut, Tee.«

Sie ging in die Küche. Fraser blieb noch eine Weile auf dem Sofa sitzen und folgte ihr dann in die Küche, wo sie am Herd stand.

Er stellte sich hinter sie und fragte: »Kann ich dich mal für eine Weile langweilen?«

»Bitte.«

Fraser holte tief Luft. »Was ich jetzt sage, bleibt unter uns«, erklärte er ihr. »Drei Männer haben eine Bank in Seattle überfallen und sind mit dreihunderttausend Dollar auf und davon. Sie kamen bis nach Denver. In Denver mieteten sie sich unter falschen Namen in einem Hotel ein.

Sie hatten einen Kontaktmann namens Harrison in Denver, so einen, der im Hintergrund die Fäden zieht. Dieser Typ, Harrison, hatte die Aufgabe, das Geld zu übernehmen, es an einen sicheren Ort zu bringen oder in verschiedene dubiose Kanäle zu leiten. Kannst du mir folgen?«

»Ich habe diese Geschichte schon tausendmal gehört.«

»Hör sie dir noch mal an. Dieser Harrison kam in das Hotel und verließ es mit einem der Männer, der unter dem Namen Dilks registriert war. Nun paß auf, denn für das, was jetzt kommt, haben wir Zeugen. Dilks trug eine kleine, schwarze Tasche; das Geld. Soweit gehört das alles zu den Fakten. Jetzt gehen wir in die Theorie.«

»Deine?«

»Nein, die des Hauptquartiers. Harrison und Dilks unternahmen einen kleinen Spaziergang, und irgendwo unterwegs hatte dieser Dilks eine gute Idee. Er entschied, daß dreihunderttausend eine hübsche, runde Summe sind, und warum sollte er sie Harrison geben? Warum sie nicht für sich behalten? Er wartete, bis er mit Harrison in einer dunklen, stillen Straße war, dann zog er eine Waffe und tötete Harrison. Danach lief er weg und versteckte das Geld. Und nun verlassen wir die Theorie und kommen zu den Fakten zurück.«

»Hier ist dein Tee.«

»Stell ihn auf den Tisch und hör zu. Dilks floh aus Denver, aber er hinterließ seine Fingerabdrücke auf der Waffe, die man neben Harrisons Leiche gefunden hat. Außerdem ließ er ein blaues Kabriolett mit einem kalifornischen Kennzeichen zurück. Die Polizei ging an die Arbeit und überprüfte alles, wobei sie herausfand, daß dieser Mann namens Dilks überhaupt nicht Dilks hieß, sondern ein ehemaliger Marineoffizier mit Namen James Vanning ist. Sie begannen, nach ihm zu suchen.«

»Zitrone?«

»Nur einen Tropfen. In einer Nacht wie dieser brauche ich heißen Tee.«

»Er wird dir guttun. Man sagt, Tee wäre das Beste bei so einer Hitze.«

»Möchtest du, daß ich weiter erzähle?« fragte Fraser, und sie nickte sachlich. Er fuhr fort: »Sie zerbrachen sich die Köpfe, um sich einen Reim auf Vanning zu machen. Keine Vorstrafen, nichts außer ein paar kleinen Verkehrssünden, und die vor langer Zeit. Vor dem Krieg war er ein Werbegrafiker in Chicago. Er hatte ein recht gutes Auskommen. Warum überfällt so ein Mann eine Bank? Wieso ermordet er einen Mann?«

»Eine Menge Leute sind mit der falschen Einstellung aus dem Krieg zurückgekommen und in Schwierigkeiten geraten.«

Fraser nickte. »Das behaupten Seattle und auch Denver. Das sagt auch das Hauptquartier. Vielleicht haben sie recht.«

»Und weiter?«

»Vielleicht liegen sie falsch. Hör zu, möchtest du den Rest der Geschichte hören?«

»Ich habe dich nicht unterbrochen.« Sie warf ihm einen entrüsteten Blick zu. »Ich unterhalte mich nur mit dir.«

Fraser rührte den Zucker in seiner Teetasse um. Er blies auf den Tee und probierte einen Schluck. »Zu heiß«, bemerkte er. »Ich werde ihn etwas abkühlen lassen.« Er holte tief Luft und beugte sich vor. »Sie suchten Vanning und konnten ihn nicht finden. Sie suchten nach den beiden anderen Männern, keine Spur. Es dauerte eine Weile, dann fanden wir die beiden anderen hier in Manhattan. Wir verfolgten sie, und als wir soweit waren, sie zu verhaften, leisteten wir uns einen Geniestreich und verloren sie.

Und dann erhielten wir einen Anruf von irgend jemandem, der einen Mann gesehen hatte, auf den Vannings

Beschreibung paßte. Wir haben es überprüft, und es war Vanning. Das Hauptquartier wollte zuschlagen, doch Seattle war nicht davon begeistert, dreihunderttausend zu verlieren, und wollte sichergehen. Das Hauptquartier war anderer Meinung als Seattle, aber Seattle bestand darauf, daß es eine schöne Sache wäre, wenn man Vanning und das Geld bekommen würde. Natürlich mischte sich Denver ein, denn die wollten Vanning wegen des Mordes. So kam es zu einigen Verzögerungen, und ich erhielt den Auftrag und soll nun diese kleine Auseinandersetzung zwischen den drei Städten schlichten.

Also konzentriere ich mich auf Vanning und warte. Ich warte weiter. Ich folge ihm, wie ich noch nie jemandem gefolgt bin, und warte. Ich warte auf ein Anzeichen, daß er viel Geld ausgibt oder versteckt oder investiert. Aber es gibt keine Hinweise, nichts. Nur Vanning, Tag für Tag, und wenn ich mich nicht beeile und mit etwas aufwarten kann, dann geben sie mir den Befehl, ihn hochzunehmen.«

»Und sie haben recht.«

»Nein, sie haben nicht recht. Sie begehen einen schrecklichen Fehler. Warum sind die anderen Männer nach New York gekommen? Weil Vanning hier ist. Sie haben ihn verfolgt. Sie wissen, daß er irgendwo in der Stadt ist, und suchen ihn, denn sie wollen das Geld. Wenn wir Vanning verhaften, verlieren wir die Möglichkeit, daß es zu einem Kontakt zwischen ihm und den anderen kommt. Das Hauptquartier sagt, ich solle die anderen Männer vergessen, aber ich habe das Gefühl, daß wir den Fall nie lösen werden, wenn wir nicht alle drei kriegen.«

»Aber ist Vanning nicht der Mörder?«

»Ja.«

»Das steht fest?«

»Ja.«

»In deinem Kopf?«

»Ja.«

»Und was weiter?«

Fraser senkte seinen Kopf und hieb mit der Faust auf den Tisch. »Ich weiß nicht, ich kann den Gedanken nicht loswerden. Er ist der Mörder und ist es doch nicht.«

Sie neigte ihren Kopf und blickte ihren Ehemann vorsichtig an. »Ist dieser Mann dein Cousin oder etwas in der Richtung?«

Er hob die Teetasse und trank ein paar Schlucke. »Ich wäre froh, wenn du versuchen würdest, meinen Gedanken zu folgen. Wenn ich glaubte, dies wäre nur eine Ahnung oder eine Überlegung, würde ich über mich selbst lachen, aber es sitzt viel tiefer.«

Er beugte sich über den Tisch. »Ich kenne Vanning. Seit vier Monaten laufe ich jetzt hinter ihm her und beobachte jede seiner Bewegungen. Ich war in seinem Zimmer, als er nicht zu Hause war, und ich wußte, daß es eine halbe Stunde dauern würde, bis er sein Essen im Restaurant beendet hätte. Ich war hinter Vanning her, Stunde um Stunde, Tag für Tag. Ich habe sein Leben gelebt. Verstehst du nicht? Ich kenne ihn, ich kenne ihn. Ich …«, und der Rest des Satzes kam in einem tiefen Tonfall, schnell und unnatürlich, heraus … »Ich verstehe ihn.«

Sie stand vom Tisch auf, stellte die Teetassen zusammen und brachte sie zum Spülbecken. Sie drehte am Wasserhahn, und zuviel Wasser schoß mit einem Mal heraus. Sie drehte etwas zurück. Schnell und routiniert wurden die Tassen gespült und abgetrocknet, dann stellte sie sie in den Küchenschrank zurück. Als sie die Schranktür schloß, hörte sie, wie er vom Tisch aufstand. Sie drehte sich zu ihm um und sah, wie er die Küche verließ. Sie wollte ihm folgen, aber dann fiel ihr Blick auf die weiche, weiße Tischplatte, und sie sah etwas, was sie die Stirn runzeln ließ. Sie ging zum Tisch hinüber.

Sie hatte diese Spuren extremer Anspannung schon einmal zuvor gesehen, in der Nacht, als ihr jüngstes Kind eine Lungenentzündung hatte und sich auf die Krisis zubewegte.

Sie stand vor dem Tisch und schaute auf die Kratzer von Fingernägeln.

5

»In Ordnung«, sagte John. »Laßt ihn sehen, wo er ist.«

Das Tuch wurde von seinen Augen genommen. Vanning blinzelte ein paarmal und schaute dann John an. Es war noch derselbe John wie vorher. Dieselben gebeugten Schultern, ziemlich breit; dasselbe schmierige, wettergegerbte Gesicht mit einer großen, platten Nase und dicken, blutleeren Lippen. Derselbe ausgefranste Schlips. Alles war noch wie zuvor, selbst die Art, das Haar zu tragen, ein kurzgeschorener grauweißer Schopf, der den Kopf wie Stahlwolle bedeckte.

John steckte sich eine Zigarette zwischen die Lippen, zündete sie an und setzte sich auf den Rand einer Liege. Sam und Pete lehnten wie Statuen an der Wand. Vanning befand sich in der Mitte des Raumes, wobei das Deckenlicht sanft auf seinen Scheitel fiel. Sein Gesicht schmerzte von dem Schlagring, und er war zudem ein bißchen benommen, doch nicht so stark, daß er es nicht geschafft hätte, auf seinen Füßen zu stehen. Er drehte den beiden Männern an der Wand seinen Rücken zu und schaute John an.

»Nun?« fragte John.

»Du bist dran«, antwortete Vanning.

Sie starrten sich an, als ob sie allein in dem Raum wären. John lehnte sich auf einen Ellenbogen zurück, legte ein Bein über das andere und nahm einen tiefen, nachdenklichen Zug an der Zigarette. Den Rauch mit einem kurzen, schnellen Blasen ausstoßend sagte er: »Alles, was ich will, ist das Geld.«

»Ich weiß nicht, wo es ist.«

»Sag das noch einmal«, forderte ihn John auf. »Sag es nur zu dir und hör dir an, wie dumm das klingt.«

»Ich weiß, daß es dumm klingt, aber so ist es nun mal, und ich kann es nicht ändern.«

John schaute auf die schwarz-weißen Schuhe, den Anzug, das Hemd mit dem blau-schwarzen Schlips und stellte fest: »Schöne Sachen hast du an.«

»Mir gefallen sie.«

»So etwas kostet Geld.«

»Es sind keine schlechten Kleider«, räumte Vanning ein. »Aber es ist keine wirklich gute Qualität. Nicht die Art von Qualität, die ich tragen würde, wenn ich das Geld hätte, von dem du sprichst.«

»Das ist ein Argument«, gab John zu. »Aber kein sehr gutes. Was machst du zur Zeit?«

Vanning gefiel diese Frage. Es war mehr eine Antwort als eine Frage, denn sie teilte ihm etwas mit, was er unbedingt hatte wissen wollen, und es gab ihm die Möglichkeit, sich eine Strategie zurechtzulegen.

»Nichts Besonderes«, antwortete er. Er jonglierte in seinem Kopf mit ein paar Möglichkeiten, entschied sich für eine und ergänzte dann: »Ich habe ein Fotostudio in der Uptown, West Side. Ich verdiene mir mein Auskommen, ich habe eine Liege dort und ein Badezimmer, so spare ich mir die Miete für eine Wohnung.«

John blickte auf den Boden und blies etwas Rauch in Richtung eines ausgeblichenen violetten Teppichs. Vanning studierte Johns Gesicht und sagte sich, daß er sehr geschickt gewesen war. Schließlich wußte er jetzt, daß sie keine Ahnung hatten, wo er wohnte. Er setzte die Bruchstücke schnell zusammen. Sie hatten ihn im Village gesehen, waren ihm gefolgt und hatten bald mit der Frau Kontakt aufgenommen. Sie hatten ihr aufgetragen, sich an ihn heranzumachen, ihn aus der Bar und dieser Straße zu locken und dann in das Restaurant in der dunklen und verlassenen Seitenstraße zu führen. Das ergab einen Sinn und paßte zusammen. Es war eine von Johns typischen Aktionen, denn Johns Intelligenz reichte gerade dafür und nicht weiter. Er war nicht gerade ein Dummkopf, aber er war eher brutal als intelligent, und vielleicht wußte er das auch selbst, weil er gewöhnlich versuchte, intelligent zu erscheinen.

»Hör zu«, sagte John. »Du bist doch nicht dumm. Du stehst auf der einen Seite und ich auf der anderen, das ist doch klar. Unter diesen Vorzeichen müssen wir diese Sache lösen. Also versuchen wir es einmal so. Für dich gilt, wenn du am Leben bleiben und eine lange, glückliche Zeit vor dir haben willst, daß du mir erzählen mußt, wo du das Geld versteckt hast. Dann halten wir dich hier fest, bis wir das Geld haben, danach lassen wir dich laufen. Ist das vernünftig?«

»Das ist sehr vernünftig«, stimmte Vanning zu, »außer daß ich nicht weiß, wo sich das Geld befindet, und ich es euch deshalb nicht sagen kann. Nun, ist das vernünftig?«

»Nein, überhaupt nicht. Ich kann mir vorstellen, daß jemand einen Zehndollarschein verlegt, vielleicht sogar einen Hundertdollarschein, aber es geht mir nicht in den Kopf, daß man dreihunderttausend Dollar gerade so aus den Fingern gleiten läßt. Und das führt uns zu einem anderen Aspekt. Wenn du wirklich das Geld verloren hast, dann war das in Colorado, und das hieße, du wärest nicht hier, wenn du nicht das Geld hättest. Du wärest in Colorado und würdest es suchen.«

»Colorado ist ziemlich groß.«

»Dreihunderttausend Dollar sind ziemlich viel Geld. Die

meisten Leute würden jeden Quadratzentimeter des Staates mit einer Lupe danach absuchen.«

»Vielleicht kennen wir beide nicht dieselben Leute?«

John warf die Zigarette auf den Boden, wartete, bis sie den Teppich ansengte, und trat sie dann aus. Er blickte auf den zertretenen Stummel und sagte: »Das führt zu nichts.« Dann schaute er, ohne den Kopf zu heben, zu Vanning hoch. »Nicht wahr?«

Vanning seufzte. »Wir können nicht weiterkommen als bis zu diesem Punkt. Ich weiß nicht, wo es ist. Ich habe dir gesagt, daß ich nicht weiß, wo das Geld ist.«

»Reg dich nicht auf«, entgegnete John. »Wir haben viel Zeit.«

»So habe ich das nicht gemeint. Wenn ich es wüßte, dann würde ich versuchen, dich hinzuhalten, versuchen, mit dir zu handeln. Ich würde Sicherheiten verlangen, daß ihr mich in Ruhe laßt, wenn ihr das Geld habt, und ich würde dir versichern, daß ich euch in Ruhe lasse.«

»Das bräuchtest du nicht«, erklärte John. »Wir wissen, daß du uns in Ruhe läßt. Wir wissen, daß du nicht zur Polizei gehst. Wie könntest du zur Polizei gehen, wenn sie hinter dir her sind?«

Vanning runzelte die Stirn. »Was meinst du damit, hinter mir her?«

»Du wirst wegen Mordes gesucht«, sagte John. »Wußtest du das nicht?«

»Du bist mir ein ganzes Stück voraus«, bekannte Vanning. »Ich kann mich nicht erinnern, jemanden umgebracht zu haben.«

John lächelte eine Weile lang verstehend und geduldig. Dann drohte er mit dem Finger und sagte: »Na, na.«

Ohne seinen Kopf zu bewegen, konnte Vanning einen Teil des Fensters auf seiner Seite sehen und dachte nach, ob er es mit einem Sprung schaffen könnte. Er fragte sich, wie weit es zum Boden war. Er mußte sich anstrengen, um seine Gedanken von dem Fenster loszureißen, doch dann fragte er: »Wieviel weißt du?«

»Wir wissen, daß du ihn umgebracht hast«, antwortete John. »Wir wissen, daß die Polizei dich am Kragen hat. Die Leute haben dich in jener Nacht mit ihm gesehen, und so konnte die Polizei feststellen, wie du aussiehst. Und sie kennen deine Autozulassung. Das war die eine Sache. Die andere Sache ist die: deine Personenbeschreibung stimmte mit der des Autobesitzers überein. Außerdem hast du den Wagen in Los Angeles gekauft und dort die Zulassung bekommen. Damit hatten sie deine Fingerabdrücke, und die stimmten mit den Abdrucken auf der Waffe überein.«

»Woher weißt du das alles?«

»Das ist die Art von Neuigkeiten, die sich ausbreiten«, antwortete John. »Zeitungen, was die Leute reden, und so weiter. Wir hingen eine Zeitlang in Denver herum, und dann erfuhren wir durch einen Tip, der aus New Orleans kam, von dir. Später erhielten wir einen Hinweis aus Memphis und dann noch einen aus New York. Wir nahmen an, daß du eine Weile in New York bleiben würdest, denn es ist ein guter Ort, um sich zu verstecken. Schließlich wurdest du in einer Bar im Village gesehen. Der Mann, der dich entdeckt hatte, hat dich im Verkehrsgewühl verloren, aber wir dachten, daß wir dich früher oder später wiederfinden würden. So fügt sich alles zusammen, und jetzt können wir vielleicht endlich zur Sache kommen.«

»Ich wollte, wir könnten es«, erklärte Vanning. »Ich wünschte, ich hätte etwas anzubieten.«

»Versetz dich einmal in meine Lage«, sagte John. »Ich bin ziemlich hungrig nach dem Geld. Ich bin so hungrig, daß ich bereit bin, dir ein Stück von dem Kuchen abzugeben. Sagen wir fünfzigtausend. Wie klingt das?«

»Das klingt großartig. Deshalb ist die Sache auch so ärgerlich. Ich weiß halt nicht, wo das Geld ist.«

John stand auf und fragte: »Dein letztes Wort?«

»Mein letztes Wort«, bestätigte Vanning.

»Nein«, entgegnete John. »Das denke ich nicht.« Er schaute zu den beiden Männern, die bewegungslos an der Wand lehnten.

»Nun?« fragte Pete.

»In Ordnung.« John ging in Richtung Tür. »Ihr könnt ihn jetzt haben.«

Jenseits des Schmerzes, jenseits des Strudels und des glühenden Rots und jenseits der herabstürzenden Felsen, die zusammenkrachten und durcheinanderfielen, auch jenseits der schwarzen Flut mit noch mehr Rot und etwas bläulichem Purpur darin, jenseits von all dem war Ruhe. Es war die Ruhe des Erinnerns, und er tastete sich seinen Weg dorthin. Und die Erinnerung versetzte ihn in das helle Gold eines Frühlingsnachmittags in Colorado, und er fuhr in dem hellblauen Kabriolett, das er nach Erhalt seines Entlassungsgeldes in Los Angeles gekauft hatte, in Richtung Denver und überlegte sich, eine Weile dortzubleiben, bevor er sich aufmachte, nach Chicago weiterzufahren.

Das Kabriolett brummte auf der Bergstraße entlang, und das Radio stimmte mit ein. Noro Morales spielte eine eingängige Rumba. Das Verdeck war zurückgeklappt, der Himmel sehr klar, und es war gut zu wissen, daß der Krieg vorbei war, und sicher zu sein, daß die Agentur in Chicago zu denen gehörte, die ihre Versprechen hielten. Es war eine große Firma, gut situiert und energisch, und ihnen hatte seine Arbeit gefallen, so daß sie ihn als Antwort auf seinen Brief aufgefordert hatten, zurückzukommen und wieder für sie zu arbeiten. Sie hatten ihn gefragt, ob er mit siebentausendfünfhundert im Jahr zufrieden wäre. Er erinnerte sich daran, daß sie ihm vor dem Krieg fünftausend bezahlt hatten. So standen die Dinge, und er hatte ein gutes Gefühl dabei, zurückzugehen. Er war mit allem zufrieden. Chicago war der richtige Ort für ihn, und eines Tages, in nicht zu ferner Zukunft, würde er ein Mädchen treffen, das er heiraten und mit dem er ein Heim gründen würde. Es war eine schöne Sache, zweiunddreißig, am Leben und gesund zu sein. Es war ein wundervolles Gefühl, von neuem zu beginnen.

Er pfiff im Takt von Noro Morales, und das Kabriolett glitt die Straße entlang.

Plötzlich, weit vor ihm, wo die Straße sich um den Berg nach oben schlängelte, dort erklang ein brutales Geräusch, das sich anhörte, als ob ein Auto in etwas hineingefahren wäre. Vanning trat hart auf das Gaspedal, das Kabriolett sprang nach vorne, und es dauerte einige Kurven, eine schnelle Geradeausfahrt in einen Tunnel hinein und eine weitere Kurve, bis er eine abzweigende Straße sah, sehr schmal, fast im rechten Winkel zu der Hauptstraße, und dann das Autowrack bemerkte.

Es war ein Kombi, der umgekippt mit einer Seite an einem Felsen hing. Zwei Männer lagen ausgestreckt auf einem Flecken hellen Grüns nahe dem Felsen, und ein dritter lehnte hemdsärmelig an dem Felsen.

Vanning wendete das Kabriolett auf der schmalen Straße und raste zum Unfallort. Als er den Wagen zum Stehen brachte, kam der Mann, der noch auf seinen Füßen stand, auf ihn zu. Der Mann hatte ein wettergegerbtes Gesicht, und sein Haar sah aus wie Stahlwolle. Unter der linken Schulter des Mannes hing von Bändern gehalten ein ledernes Halfter, und der Mann griff danach, zog etwas heraus, erreichte Vanning und richtete einen Revolver auf ihn.

»Steig aus dem Wagen«, befahl er. »Hilf mir.«

»Warum die Waffe?«

»Ich sagte, steig aus dem Wagen.«

Vanning kletterte aus dem Kabriolett und ging mit dem anderen mit.

Die zwei Männer auf dem Boden bewegten sich und stöhnten. Einer von ihnen, der große Mann, dem seine Brille von einem Ohr herabhing, zwang sich vorsichtig in eine sitzende Haltung, setzte die Brille zurecht und schaute sich benommen um. Der andere Mann, klein, drahtig und mit beginnender Glatze, war bewußtlos.

»Wie geht es dir, Pete?« fragte der Mann mit der Waffe.

»Ich denke, ich bin in Ordnung«, antwortete der Große. »Es hat mir die Luft genommen.« Er schaute Vanning an. »Wo kommt der her?«

»Er kam hier vorbei.«

Der Große neigte seinen Kopf, um sich Vannings Wagen anzusehen.

»Das ist ein glücklicher Zufall«, bemerkte er.

»Ja, wir sind heute mit Glück gesegnet«, bemerkte der mit der Waffe sarkastisch und schaute auf den zerstörten Kombi. »Wirklich gesegnet. Nimm die Kanone und halt den Typ hier in Schach. Ich schaue mir Sam an.«

»Vielleicht wäre es besser, wir beeilen uns«, gab Pete zu bedenken.

»Das war der Grund für den Unfall. Wir hatten es zu eilig. Richte die Kanone auf ihn, er sieht nervös aus.«

»Warum sollte ich nervös sein?« fragte Vanning.

»Du hältst den Mund«, befahl Pete, drückte Vanning die Waffe in den Rücken und ließ sie dort. Ein paar Minuten später fragte er: »Wie sieht es aus, John?«

»Ich glaube, es hat ihn erwischt«, antwortete der Mann mit dem Haar wie Stahlwolle. »Ich vermute, er hat einen Schädelbruch, aber er atmet noch.«

»Glaubst du, er macht es noch lange?«

»Kann ich nicht sagen.«

»Ich habe dir immer gesagt, Sam ist ein miserabler Fahrer. Ich habe dir gesagt, er taugt nichts, wenn er unter Druck steht.«

»Halt den Mund. Ich versuche nachzudenken, was wir machen können.«

»Sollen wir ihn hierlassen?«

»Das ist genau der Grund, warum ich dir gesagt habe, du sollst den Mund halten, denn jedesmal, wenn du ihn aufmachst, zeigst du, daß du ohne Gehirn geboren wurdest. Wie können wir ihn hierlassen? Schau ihn dir an, er lebt noch.«

»Das weiß ich, John, aber du hast gerade gesagt, es wird nicht mehr lange dauern. Warum sollen wir ihn leiden lassen? Wir tun ihm einen Gefallen, wenn wir ihm eine Kugel verpassen. Alles, was ich machen muß, ist ...«

»Behalte die Kanone da, wo sie ist«, befahl ihm John. »Und halte deinen Mund, während ich mir was überlege.«

Genau in diesem Moment stieß der Mann auf dem Boden ein lautes Stöhnen aus und öffnete seine Augen.

»Ich weiß nicht, John. Wir haben nicht viel Zeit«, gab Pete zu bedenken.

John schaute zu dem Mann auf dem Boden und fluchte: »Sam, du fährst wie ein Affe.«

Sam stieß ein weiteres Stöhnen aus und schloß die Augen.

»Du«, sagte John und deutete auf Vanning, »kommst hierher und hilfst mir.«

»Warte einen Moment«, warf Pete ein. »Was hast du vor?«

»Wonach sieht es denn aus?«

»Wir können Sam nicht mitnehmen«, entgegnete Pete. »Er hält uns auf.«

»Sicher, das stimmt«, bekannte John. »Und wenn wir ihn hierlassen, werden sie ihn finden, und wenn er immer noch am Leben ist, wird das erste sein, an was er denkt, daß wir ihn im Stich gelassen haben. Ich glaube nicht, daß ihm dies gefallen wird. Man weiß nie, vielleicht macht er den Mund auf.«

»Aber wenn er tot ist, kann er nicht mehr reden.«

»Was ist los, Pete? Hast du etwas gegen Sam?«

»Ich komme ganz gut mit ihm aus, das weißt du, aber warum ein Risiko eingehen?«

»Wir werden ihn nicht erschießen«, stellte John fest. »Und wir werden nicht weiter darüber diskutieren. Wir nehmen ihn mit, und wenn wir irgendwo einen Arzt finden, werden wir sehen, ob er eine Chance hat.«

Er blickte zu Vanning hoch. »In Ordnung, machen wir uns an die Arbeit.«

Vanning und John brachten den Verletzten zu dem Kabriolett und legten ihn auf den Rücksitz. Dann lief John zu dem demolierten Kombi zurück, kroch hinein und kam mit einer schwarzen Tasche wieder heraus. Er brachte sie zu dem Kabriolett, warf sie auf den Boden vor dem Beifahrersitz und wies Vanning an: »Steig ein und mach das Verdeck zu.«

»Was habt ihr mit mir vor?« fragte Vanning. »Warum nehmt ihr nicht den Wagen und laßt mich hier?«

»Und lassen dich den Wagen der Polizei beschreiben?« John lächelte befriedigt über seinen eigenen Plan und schüttelte den Kopf. »Nichts zu machen. Du kommst mit uns und wirst uns fahren. Pete, du gehst auf den Rücksitz und kümmerst dich um Sam.

»Ich bin immer noch der Meinung«, bemerkte Pete, »es wäre besser, wenn wir Sam eine Kugel verpassen.«

»Ich bin der Meinung«, erwiderte John, »es ist besser, du gibst diesen Gedanken auf.«

»Es ist nicht so, daß ich etwas gegen Sam habe. Es ist nur so, daß ich …«

»Mach schon«, sagte John. »Machen wir uns auf den Weg.«

Sie waren jetzt im Wagen, das Verdeck war hochgeklappt, und sie fuhren. Der Wagen bog auf die Hauptstraße ein, fuhr sie hinunter und wieder hinauf und bog einmal um die Bergflanke. Vanning beobachtete den Rückspiegel.

»Behalte deine Augen auf der Straße«, wies ihn John an.

»Ich werde ein bißchen nervös«, sagte Vanning.

»Ich auch«, entgegnete John und zog den Revolver hervor, damit Vanning sehen konnte, daß die Waffe noch da war. »Ich schlage vor, wir beruhigen uns beide, und dann wird wahrscheinlich nichts passieren.«

»Kann ich das Radio einschalten?«

»Nein«, sagte John. »Ich sorge für deine Unterhaltung. Ich erzähle dir eine kleine Geschichte. Es waren einmal drei schlimme Männer, die waren sehr böse. Sie raubten Banken aus. In Seattle überfielen sie eine Bank und flohen mit dreihunderttausend Dollar in Tausenddollarnoten. Dann stahlen sie einen Kombi und preschten aus Salt Lake City hinaus. Sie wurden gejagt und mußten sich beeilen. Sie fuhren so schnell, daß ihr Kombi einen Unfall hatte, aber da kam ein netter Mann vorbei und half ihnen weiter. Er hatte einen blauen Wagen und war sehr freundlich bei der ganzen Sache.«

Vom Rücksitz her fiel Petes Stimme ein: »Ich verstehe nicht, warum du ihm von den dreihundert Riesen erzählst?«

»Ich erzähle ihm, wozu ich Lust habe«, antwortete John. »Ich habe das komische Gefühl, daß er eine ganze Zeitlang bei uns bleiben wird.« Er wandte sich an Vanning. »Wie steht's? Würde dir das gefallen?«

»Ich wäre begeistert«, antwortete Vanning lakonisch.

»Bieg an der nächsten Kreuzung ab«, befahl John. »Da

ist eine Straße, die uns nach Leadville bringt. Es gibt einen Arzt in Leadville – egal, ich denke, es war in Leadville –, es ist schon lange her, aber dieser Arzt, wenn ich mich recht erinnere, war bereit, ein Geschäft zu machen. Auf jeden Fall werden wir es in Leadville versuchen.«

Nach einer Viertelstunde erreichte das blaue Kabriolett Leadville und fuhr eine Weile herum, während John versuchte, sich zu erinnern, wo der Arzt wohnte.

Schließlich hielten sie vor einem Hotel an. John ging hinein, kam ein paar Minuten später wieder heraus, und sie fuhren die Straße hinunter, bogen um eine Ecke und hielten vor einem Holzgebäude, das schon vor langer Zeit den Kampf gegen den Verfall aufgegeben hatte. John stieg aus dem Wagen, schaute nach links und rechts, wartete, bis zwei Frauen in mittleren Jahren die Straße überquert hatten und in einer Seitenstraße verschwanden, und gab dann Pete ein Zeichen. Während Pete Sam aus dem Wagen zog, betrat John das verlassene Haus und stieß Vanning, der ein Stück vor ihm ging, mit dem Revolver vor sich her, als sie die Halle betraten.

Der Arzt verlangte fünfhundert Dollar sofort und weitere fünfhundert in drei Wochen, wenn Sam wieder in der Lage sein würde zu reisen. John bezahlte den Arzt, dann verließen er, Vanning und Pete das Haus und gingen zurück zum Wagen.

»Nun werden wir nach Denver fahren«, bestimmte John.

Sie erreichten Denver gerade, als die Sonne unterging, und begaben sich in ein kleines Hotel in einem heruntergekommenen Teil der Stadt, wo sie ein einigermaßen geräumiges Zimmer im zweiten Stock erhielten. John schickte einen Jungen nach Schnaps. Der Junge kam mit Whiskey, Eis, einigen Flaschen Ginger Ale und verschiedenen Päckchen Zigaretten zurück. John gab ihm einen Dollar, Vanning schaute auf den Jungen, aber der blickte auf den Dollarschein, dann ging er aus dem Raum, die Tür schloß sich, und in dem Zimmer war es still.

John öffnete eine Flasche und hantierte mit dem Eis und dem Ginger Ale. Pete lag ausgestreckt auf dem Bett und klagte alle paar Minuten über Sam und nörgelte, daß ihm die Sache mit Sam bei der ganzen Angelegenheit nicht gefiele. Schließlich sagte John zu Pete, daß, wenn er nicht still wäre, er ihm die Schnapsflasche über den Kopf schlagen würde.

»Ich kann nicht aufhören, mir Sorgen zu machen«, erklärte Pete.

»Geh raus und schnapp frische Luft«, schlug ihm John vor. »Mach dir draußen Sorgen. Nein. Warte einen Moment, ich habe eine bessere Idee. Bleib hier und nimm einen Moment die Kanone. Ich möchte einen Blick in das Badezimmer werfen.«

»Was ist in dem Badezimmer?« fragte Pete.

»Normalerweise ein Oberlicht, wenn es auf der obersten Etage ist.«

Pete schaute Vanning an und richtete die Waffe auf ihn. »Wir sind nicht im obersten Stock.«

»Ich will sichergehen«, sagte John. »Halt ihn in Schach.«

John ging ins Badezimmer, kam wieder heraus und sagte: »Alles in Ordnung. Kein Oberlicht, keine Fenster.« Er grinste Vanning an. »Geh da rein.«

Vanning ging ins Badezimmer, und sie schlossen die Tür hinter ihm. Er konnte sie im anderen Raum sprechen hören. Plötzlich wurden ihre Stimmen leiser, und obwohl er sein Ohr an die Türritze gepreßt hatte, konnte er nichts verstehen. Die leise Unterhaltung dauerte eine Zeitlang, dann verstummte sie, danach passierte nichts mehr, und das Nichts dauerte eine sehr lange Zeit, was Vanning nicht begreifen konnte. Er stand bei der Tür und rief: »Wie lange wollt ihr mich noch hier drin lassen?«

Keine Antwort.

»Es wird langweilig hier drin«, rief er erneut.

Wieder keine Antwort.

»Gebt mir wenigstens eine Zigarette«, versuchte er es nochmals.

Nichts.

»Na gut«, lenkte er ein, »wenigstens einen Drink.«

Immer noch keine Antwort.

Darauf rief er laut: »Vielleicht seid ihr überhaupt nicht mehr da. Vielleicht seid ihr weggegangen.«

Keine Antwort.

»Nun gut«, beschloß Vanning, »ich werde es herausfinden.«

Er öffnete die Tür und stand in dem leeren Zimmer.

Das Zimmer war erschreckend leer. Die Tür war geschlossen. Das Zimmer war leer, und das war gut. Aber das war auch schlecht, denn es war zu gut. Was es so lächerlich gut machte, war der Revolver, der ihm still und schwarz entgegenleuchtete, als er dorthin sah, wo er lag und sich deutlich schwarz von dem weißen Bettuch abhob. Er ging zum Bett, hob den Revolver auf und steckte ihn in seine Manteltasche. Aus keinem besonderen Grund ging er ans Fenster und schaute hinaus. Er sah eine Allee, einen dunklen Himmel und sonst nichts. Er lief durch das Zimmer, nahm eine halbleere Whiskeyflasche, schaute sie an und stellte sie wieder hin. Er hob ein zerfleddertes Zigarettenpäckchen auf und steckte sich eine zwischen die Lippen. Vanning wußte eigentlich nicht, was er machen sollte. Er sagte sich, daß ein paar ruhige Überlegungen ihn hinter den Sinn dieser Sache bringen würden, also setzte er sich auf das Bett, schaute den Fußboden an und versuchte, konzentriert nachzudenken.

Was sie hätten tun sollen, wenn sie clever gewesen wären, war, ihn irgendwo hinzubringen, draußen in die Wälder oder in eine dunkle Straße, ihn schnell umzubringen und sich aus Denver davonzumachen. So erledigte man das, ohne Probleme heraufzubeschwören. Diese Sache mit dem Weggehen, ihn hier alleine und den Revolver auf dem Bett zu lassen, erschien als ein undurchsichtiges Manöver, und die einzige Möglichkeit, eine Antwort darauf zu finden, war, daß er sich an ihre Stelle versetzte und in den gleichen Bahnen dachte wie sie. Vanning überlegte sich, daß er intelligent genug sein müßte, um es mit ihnen aufzunehmen, solange sie bereit waren, die Herausforderung anzunehmen. Er sagte sich, daß unabhängig von der Tatsache, daß er und John vollkommen gegensätzliche Ziele verfolgten, er in der Lage sein sollte, John auszustechen oder jedenfalls zumindest ihm ebenbürtig zu sein.

Wohl wissend, daß der Whiskey nichts ändern würde, entschied er trotzdem, sich einen Drink zu genehmigen. Vanning stand auf, ging zu der Kommode, wo die Flaschen und das Eis versammelt waren, und blieb dann abrupt stehen. Zuerst zog er die Augen zusammen, dann riß er sie auf, bis es schmerzte, um sie gleich darauf wieder zusammenzukneifen. Er starrte auf die Platte der Kommode, nicht auf die Flaschen, sondern auf die Tasche.

Da stand sie, direkt vor ihm. Die schwarze Tasche, die John aus dem Kombi geholt hatte. Eine ganz neue Tasche aus weichem Leder. Was immer darin war, es füllte sie aus, beulte sie aus, und Vanning wußte, was darin war. Er redete sich ein, daß er nicht wüßte, was sie enthielt. Er nahm sich vor, die Tasche stehenzulassen, den Revolver zurück auf das Bett zu legen, diesen Ort zu verlassen und aus Denver abzuhauen. Sich zu beeilen und sofort aufzubrechen. Mach dich auf nach Chicago, geh an die Arbeit am Zeichenbrett, triff ein nettes Mädchen, und gründe ein Heim. Laß deine Finger von der Tasche; laß deine Finger davon.

»Benutz deinen Verstand«, sprach er laut. »Laß die Finger davon.« Er rieb sich mit seinen Händen die Augen, und seine Zähne schlugen aufeinander. Er hatte den Kopf gesenkt, und dann schüttelte er ihn. »Mach schon«, beschwor er sich. »Mach, daß du hier wegkommst.«

Doch dann hob er den Kopf und schaute auf die Tasche. Sie stand vor ihm, prall, schwarz, glänzend und ausgebeult. Sie hatte etwas Verführerisches an sich. Sie sah unwiderstehlich aus, wie sie da auf der Kommode stand.

Vanning bewegte sich auf die Kommode zu, die Hände nach der Tasche ausgestreckt, doch plötzlich änderte er die Richtung und griff nach der nächsten Flasche. Er füllte Whiskey in ein hohes Glas, musterte die Whiskeymenge, die er eingeschenkt hatte, und sagte sich, daß er noch nie soviel Schnaps auf einmal zu sich genommen hatte. Er nahm das Glas mit zur Badezimmertür, lehnte sich gegen die Tür, schaute auf die Tasche und ließ sie auch nicht aus den Augen, als er den Kopf nach hinten neigte, um das Glas an den Mund zu führen. Dann schloß er die Augen, und der Whiskey floß durch seine Kehle, um in seinem Magen zu explodieren. Dann glitt das Glas aus seiner steifen Hand, fiel auf den Fußboden und gab ein deutlich hörbares Geräusch von sich, als es zerbrach.

Das Krachen klang durch Vannings Gehirn. Er sagte sich, er sollte zum Fenster gehen, hinausschauen und um Hilfe rufen. Dann lachte er über sich. Vanning brüllte vor Lachen. Das Geräusch faszinierte ihn auf eine unheimliche Weise, und er lachte weiter. Vielleicht, wenn er laut genug lachen würde, käme jemand und würde ihn sehen und mit ihm sprechen. Das wünschte er sich jetzt mehr als alles andere. Wenn er nur jemanden hier bei sich hätte, jemanden, mit dem er über diese Sache sprechen könnte. Vanning starrte auf die Tasche.

Er rieb seine Hände aneinander und stellte fest, daß er

wie ein Football-Verteidiger, der auf einen Ball wartet, aussah. Dann ging er auf die Kommode zu und rieb sich wieder die Hände. Vanning nahm die Tasche in die Hand, hob sie hoch, brachte sie zum Bett hinüber, öffnete sie und sah US-Banknoten.

Tausenddollarscheine in kleinen Päckchen, zehn Noten in jedem, und er zählte dreißig Päckchen. Das ergab dreihunderttausend Dollar, rechnete er. Er steckte die Päckchen in die Tasche zurück, machte sie zu und starrte darauf.

Dann richtete er sich vom Bett auf, nahm die Tasche und verließ das Zimmer. Er ging den Flur entlang zur Treppe. Kurz bevor er die Treppe erreichte, trat jemand hinter ihn, und etwas wurde in seine Seite gepreßt. Derjenige sagte: »Geh weiter. Sei ein braver Junge.«

Vanning drehte seinen Kopf und sah einen Mann, den er noch nie zuvor gesehen hatte. Der Mann trug einen weißen Panamahut, einen hellgrünen Anzug, ein dunkelgrünes Hemd mit einem gelben Schlips, und ein gelbes Einstecktuch hing weit und elegant aus der Brusttasche. Der Mann war groß und schwer, hatte ein viereckiges Gesicht, und seine Haut war von der Sonne gebräunt.

»Geh einfach weiter«, forderte er ihn auf. »Die Treppe hinunter und dann rechts durch eine Seitentür hinaus.«

»Sie können das Geld haben«, sagte Vanning.

»Ich will nicht das Geld.«

»Sind Sie von der Polizei?«

Der Mann ließ ein Lachen vernehmen, das plötzlich abbrach. »Geh einfach weiter«, befahl er.

Sie erreichten den Treppenabsatz im ersten Stock. Die Pistole drückte sich in Vannings Seite, stieß hart zu, und Vanning zuckte zusammen. Dann ging er weiter die Treppe hinunter, der Mann immer dicht neben ihm. Die

Pistole in Vannings Seite gedrückt, erreichten sie die Halle, wo ein paar Leute herumstanden und sich auf eine Art langweilten, wie nur Leute in einer Hotelhalle sich langweilen können.

»Keine Dummheiten«, ermahnte ihn der Mann, »wenn du nur mit der Wimper zuckst, verpasse ich dir eine Kugel. Auf, geh zu der Seite hinüber, als ob du mit mir einen Spaziergang machen wolltest.«

Sie gingen auf die Tür zu, der Mann öffnete sie, sie traten hinaus und liefen eine dunkle Straße entlang. Bis der Mann Vanning sagte, er solle um eine Ecke biegen, wurde kein Wort gesprochen. Eine Minute später mußte Vanning erneut um eine Ecke biegen. Nun waren sie in einer schmalen Straße, die nur wenig von dem Licht, das aus den Fenstern im ersten Stock der Häuser fiel, beleuchtet wurde.

»Nun«, erklärte der Mann und baute sich vor Vanning auf, »will ich die Tasche.«

Vanning gab ihm die Tasche und beobachtete sein Gegenüber. Der Mann grinste, und Vanning seufzte. Er sah, wie der Revolver gehoben wurde und auf seine Brust zielte. Vanning seufzte nochmals.

»Ich habe es gewußt«, sagte er.

»Richtig«, entgegnete der andere, »aber so ist es nun einmal.«

»Kann ich eine Minute Aufschub haben?«

»Das ist zu lang.«

»Eine halbe Minute?«

»In Ordnung.«

»Wie wär's, wenn Sie mir eine Chance geben?«

»Vergeuden Sie nicht Ihre Zeit damit, nach einer Chance zu fragen. Wenn Sie über das Wetter reden wollen, dann reden wir über das Wetter, aber wenn Sie mich um eine Chance bitten, dann werde ich ungehalten.«

»Sie arbeiten für John?«

»Richtig.«

»Warum braucht John Sie?«

»Er braucht mich immer für solche Dinge. Er erledigt das ungern selbst.«

»Warum nimmt er dann nicht Pete?«

»Weil Pete keinen Verstand in seinem Kopf hat. Pete hat die Angewohnheit, Fehler zu machen.«

»Ich verstehe.«

»Es freut mich, daß Sie verstehen. Es freut mich, daß alles klar ist.«

»Außer einer Sache.«

»Fragen Sie mich ruhig, und wenn ich Ihnen antworten kann, dann werde ich eine Antwort geben.«

»Warum haben sie mir das Ding dagelassen?« fragte Vanning ganz ernsthaft und völlig naiv, während er den Revolver aus seiner Tasche zog und dem Mann zeigte. Der andere schaute auf die Waffe, und dann blickte Vanning auf sie und erkannte, daß es wirklich ein Revolver war, den er in seiner Hand hielt. Dann betrachtete er das Gesicht des Mannes und bemerkte den Schrecken. Genau in dem Moment, als der Schrecken von Wut abgelöst wurde, drückte Vanning ab, noch mal und noch mal, die Waffe tanzte vor und zurück, auf und ab, als der Mann wie in einem unsichtbaren Lift nach unten verschwand. Vanning trat zurück. Der Mann lag jetzt zusammengekrümmt auf dem Boden, die Arme ausgebreitet, sein Revolver lag neben seiner Hand, und seine Finger zuckten. Dann zuckte der ganze Körper, und eine krampfartige Bewegung warf ihn auf den Rücken. Er zuckte nochmals, riß seine Augen weit auf, öffnete halb den Mund, und dann war er tot.

Vanning lief los. Er rannte, so schnell er konnte, kam an einen Hügel und hetzte ihn hinauf. Er erreichte ein Feld und eilte über das Feld. Er geriet an einen kleinen Fluß und watete in den Fluß. Das Wasser stieg bis zu seinen Knien, bis zur Hüfte, dann bis zu seiner Brust, und schließlich hob er einen Arm, wunderte sich, warum er das tat, schaute an seinem Arm hoch, und das Ding, das er in seiner Hand hielt, war die Tasche. Er versuchte sich daran zu erinnern, die Tasche aufgehoben zu haben, aber er konnte es nicht. Doch er mußte sie aufgehoben haben. Sie konnte nicht in seine Hand geflogen sein, sie lebte ja nicht, oder vielleicht doch? Das Wasser erreichte sein Kinn. Vanning beschwor sich, laß die Tasche fallen, laß sie im Fluß versinken. Er überlegte sich, daß seine Kugeln den Mann getroffen hatten und er beim Fallen die Tasche losgelassen hatte. Er hatte dagestanden, auf den Toten gesehen, dann die Tasche genommen und war mit ihr davongelaufen.

Das war zuviel für Vanning. Er hatte die Waffe nicht mehr, aber er hatte die Tasche. Er hatte den Revolver dort gelassen und dafür die Tasche aufgehoben. Er fragte sich, warum, doch dafür wußte er keine Antwort. Vanning hatte vorgehabt, die Tasche der Polizei zu geben, das wäre in Ordnung gewesen, aber er konnte sich nicht erklären, warum er die Tasche von dem Toten genommen hatte. Vielleicht war die Antwort dieselbe wie die auf die erste Frage. Vielleicht hatte er immer noch vor, zur Polizei zu gehen. Und jetzt wurde es verzwickt, denn er konnte sich nicht mehr an sein Vorhaben erinnern. Das einzige, das glasklar in seinem Kopf stand, war, daß er einen Mann ermordet hatte und sich nun eine Tasche in seinem Besitz befand, die dreihunderttausend Dollar enthielt, und daß er auf der Flucht war. Außerdem empfand er große Furcht vor der Tasche.

In dem Maße, wie seine körperliche Kraft nachließ, wurde sein Verstand klarer. Vanning fügte die Teile zusammen und zog Schlüsse. Die Sache, die es so schlimm machte, war, daß John die Pistole so dicht an ihn gedrückt hatte, daß die Leute sie nicht bemerkt hatten. Nicht der Hotelangestellte in Denver und auch nicht die Leute in der Hotelhalle. Keiner hatte die Waffe gesehen, alle hatten nur John, Pete und ihn zusammen in einem blauen Kabriolett und gemeinsam im Hotel gesehen. Das machte die ganze Sache so aussichtslos. Aber irgendwas mußte er unternehmen, es konnte nicht so weitergehen. Vielleicht schaffte er es in den nächsten zehn oder zwanzig Minuten, sich zu sammeln, und wäre in der Lage, zur Polizei zu gehen und ihnen alles zu erzählen.

Dieser Gedanke hatte sich in ihm eingenistet. Diese Überlegungen waren solide und handlich, sehr deutlich und logisch, aber das hielt nur ein paar Augenblicke an. Danach begannen sie sich aufzulösen, als Vanning die Geschichte vor sich hinmurmelte, wie er sie der Polizei berichten würde, und sie stellte sich als eine dumme Geschichte heraus. Sie erschien ein bißchen phantastisch und mehr als lächerlich. Das Badezimmer zum Beispiel. Sie hatten ihn ins Badezimmer gesteckt, aber die Tür nicht abgeschlossen. Das war der Anfang, und von da an wurde die Sache zu einer Komödie. Die anderen waren aus dem Raum gegangen und hatten ihn in dem Badezimmer zurückgelassen, dessen Tür zwar geschlossen, aber nicht abgesperrt war. Er war aus dem Badezimmer gekommen, und da lag auf dem Bett, gerade recht für ihn, der Revolver. Und auf der Kommode, glänzend und plump, stand die kleine schwarze Tasche mit all dem Geld. Er konnte sich die Gesichter der Polizisten vorstellen, konnte sehen, wie sie sich gegenseitig anblickten, er konnte sehen, wie sie sich über ihn beugten und der Unglaube in ihren Augen glänzte. Und doch, trotz alledem, hatte er noch ein überzeugendes Argument, er hatte immer noch die Tasche.

Das waren seine Gedanken. Vanning hatte die Tasche

immer noch und konnte zur Polizei gehen und sie ihnen geben. Er betete, glauben zu können, daß er sie noch hätte, als er seine Hände hob und sie ansah. Er schaute auf seine Hände und sah zwei weiße Hände vor dem Hintergrund des dunklen Waldes, aber keine Tasche. Einen Augenblick lang gab es nur das Nichts. Keinen Gedanken, keine Bewegung, nichts. Dann der Versuch, eine Erklärung zu finden, und danach die Feststellung, daß er es nicht erklären konnte, es war zuviel für ihn. Die lag weit hinter ihm, eine Stunde entfernt oder zwei, Meilen entfernt. Vielleicht während der Zeit, als er den Fluß durchquerte. Vielleicht zehn Minuten später in diesen ausgedehnten Wäldern, vielleicht eine Stunde später. Es gab keine Möglichkeit, es festzustellen, keinen Weg, nachzuvollziehen, wann er die Tasche aus der Hand fallen ließ oder wo es passiert war.

Wieder sah Vanning die Gesichter der Polizisten vor sich. Breite, rote Gesichter, die einen Kreis um ihn bildeten und sich auf ihn zu bewegten. Eins davon war größer als die anderen, und die Lippen bewegten sich. Er konnte die Stimme hören, die ihn fast körperlich traf und zurückwarf. Er wankte auf die Stimme zu, und sie traf ihn erneut.

»Sie behaupten, Sie verließen das Zimmer und hatten die Tasche bei sich. Ist das richtig?« fragte die Stimme.

»Ja«, antwortete Vanning.

»Was hatten Sie mit der Tasche vor?«

»Sie Ihnen übergeben.«

»In Ordnung. Und was dann?«

»Er trat von hinten an mich heran und preßte mir einen Revolver in den Rücken. Wir verließen das Hotel. Als wir dann in dieser schmalen Straße waren, nahm er mir die Tasche weg und sagte mir, daß es ihm leid täte, aber er müßte mich jetzt abservieren.«

»Was dann?«

»Ich zog eine Waffe aus meiner Tasche und erschoß ihn.«

»Einfach so?«

»Ja«, bestätigte Vanning.

»Was war mit seiner Waffe?«

»Er hat sie nicht benutzt.«

»Wieso nicht?«

»Ich denke, er war zu überrascht. Es war das Letzte, was er erwartet hatte, daß ich einen Revolver hätte.«

»War das Ihr eigener Revolver?«

»Nein«, antwortete Vanning, »ich habe Ihnen erzählt, wie ich dazu gekommen bin.«

»Ja, das haben Sie, aber ich frage mich, ob Sie von uns erwarten, daß wir Ihnen das abkaufen. Spielt aber keine Rolle. Lassen wir diesen Teil. Machen wir mit Ihnen auf der Straße weiter. Der andere ist tot, Sie stehen da und schauen auf ihn herab. Und nun, was tun Sie?«

»Ich fange an zu rennen.«

»Warum?«

»Ich habe Angst.«

»Vor was haben Sie Angst? Sie haben nichts falsch gemacht. Sie haben zwar einen Mann getötet, aber in Notwehr. Man kann Sie nicht belasten, also worüber machen Sie sich Sorgen?«

»Die Tasche. Ich bemerke, daß ich sie in meiner Hand habe, aber ich kann mich nicht erinnern, sie aufgehoben zu haben. Doch sie ist da in meiner Hand.«

»Nun«, bemerkte der Polizist, »auch das war in Ordnung. Sie haben immer noch die Tasche. Warum kamen Sie nicht nach Denver und übergaben sie uns?«

»Ich hatte Angst. Ich dachte nicht, daß Sie mir meine Geschichte glauben. Sie wissen, wie sie klingt. Es ist eine von den Geschichten, die keinen Sinn ergeben.«

»Ich bin froh, daß Sie das verstehen«, sagte der Polizist. »Das macht die Sache leichter für jeden von uns beiden. Also, Sie sind jetzt in diesen Wäldern, rennen umher und haben immer noch die Tasche. Was passiert nun?«

»Ich habe die Tasche nicht mehr.«

»Sie ist Ihnen aus der Hand gesprungen und davongelaufen, war es so?«

»Ich habe die Tasche einfach nicht mehr«, beharrte Vanning. »Ich kann mich nicht erinnern, wo ich sie verloren habe. Ich muß zwei oder drei Stunden lang in den Wäldern umhergeirrt sein, und es ist unmöglich, daß ich immer nur geradeaus gelaufen bin. Die Wälder sind so dicht, da war soviel Unterholz und eine sumpfige Gegend, es gibt da Millionen Stellen, an denen ich die Tasche verloren haben kann. Können Sie nicht begreifen, in welchem Zustand ich mich befunden habe? Wie verwirrt ich war? Versuchen Sie es. Unterziehen Sie mich allen möglichen Tests. Bitte glauben Sie mir.«

»Natürlich«, beruhigte ihn der Polizist. »Ich glaube Ihnen. Wir alle glauben Ihnen. Die Sache ist glasklar. Sie nahmen die Tasche und rannten damit weg. Das sagen Sie, und wir glauben es. Und das bringt uns zu der anderen Sache. Um an die Tasche zu kommen, mußten Sie einen Mann ermorden. Deshalb haben wir ein bißchen herumgetastet und kommen jetzt darauf zurück, und bei Gott, Mister, Sie sind meilenweit von der Wahrheit entfernt. Es ist zu schlimm, daß Sie sich mit den falschen Leuten eingelassen haben. Sie sind verhaftet, wegen Raubmords.«

»Aber ich habe mich gestellt. Ich kam hierher zu Ihnen. Das hätte ich nicht zu tun brauchen.«

»Sie haben die Tasche nicht mitgebracht.«

»Ich weiß nicht, wo sie ist.«

»Oh nein, warum geben Sie es nicht auf?«

»Ich sagte Ihnen, ich weiß nicht, wo sie ist. Ich habe sie

irgendwo fallen gelassen, verloren. Hören Sie, ich hätte nicht herkommen und Ihnen das alles erzählen müssen. Ich hätte einfach fliehen können, aber ich kam hierher.«

»Das ist ein Pluspunkt für Sie«, gab der Polizist zu. »Um ehrlich zu sein, Sie haben einige Pluspunkte auf Ihrem Konto. Keine Vorstrafen. Die Tatsache, daß der Mann eine Pistole in der Hand hielt, als Sie ihn töteten. Der Umstand, daß eine regelmäßige Arbeit in Chicago auf Sie wartet. Das alles könnte Ihnen eine Art von Chance geben. Vielleicht können wir etwas arrangieren. Ich mache Ihnen einen Vorschlag, Sie sagen uns, wo Sie die Tasche versteckt haben.«

»Das kann ich Ihnen nicht sagen, weil ich nicht weiß, wo sie ist.«

Der Polizist blickte in die anderen Gesichter und seufzte. Dann schaute er auf Vanning, und sein Gesicht wurde immer größer, als er sagte: »In Ordnung, Sie können sich immer noch ein bißchen helfen, selbst wenn Sie weiter so verstockt in bezug auf die Dreihunderttausend bleiben. Was Sie machen können, ist, sich schuldig bekennen für Raub und Totschlag. Das ist Ihre Chance, es auf Totschlag zu reduzieren, und das würde Sie für zehn Jahre hinter Gitter bringen. Bei guter Führung könnten Sie nach fünf Jahren draußen sein, vielleicht sogar nach zwei oder drei, wenn Sie Glück haben.«

»Das werde ich nicht tun«, erklärte Vanning. »Ich ruiniere mich nicht selbst. Ich bin unschuldig. Ich bin noch jung und werde nicht mein Leben zerstören.«

Der Polizist zuckte mit den Schultern, alle Polizisten zuckten mit den Schultern. Die Bäume zuckten mit den Schultern und auch der Himmel. Keiner von ihnen kümmerte sich besonders darum. Es bedeutete ihnen nichts. Es bedeutete nichts für das Universum, mit Ausnahme dieses einen kleinen, bewegenden, atmenden Dinges, genannt Vanning, und für ihn bedeutete es Furcht und Flucht. Verstecken und wieder Flucht und wieder Verstecken.

Er blieb einen weiteren Tag und eine Nacht in den Wäldern, lief zwischen den Bäumen umher, bis er auf eine Lichtung kam und dann zu einer Bahnlinie. Ein Güterzug kam vorbei, und Vanning sprang auf. Später dann sprang er auf einen anderen und danach auf einen dritten, bis er schließlich New Orleans erreichte. Er nannte sich Wilson und bekam eine Arbeit im Hafenviertel. Sie wurde gut bezahlt, und mit den Überstunden hatte er bald genug zusammen, um weiterzuziehen.

In Memphis nahm Vanning den Namen Donahue an und arbeitete als Lastwagenfahrer. Er verließ Memphis, legte einen kurzen Zwischenaufenthalt in Washington ein und endete schließlich in New York mit dreihundert Dollar in der Tasche. Er nannte sich Rayburn und mietete jenes Zimmer im Village. Er ging los, kaufte sich Malutensilien, und zwei Wochen lang war er wie verrückt damit beschäftigt, eine Präsentationsmappe zusammenzustellen.

Danach lief er mit dieser Mappe eine Woche lang zu den Agenturen, und dann hatte er seinen ersten Auftrag. Am Anfang trug er einen breiten Schnurrbart und eine dunkle Brille und hatte sein Haar in der Mitte gescheitelt. Nach einiger Zeit ließ er die Brille weg, dann rasierte er den Bart ab, und ganz nebenbei kehrte er zu der alten Art, sein Haar zu tragen, zurück. Er wußte, daß er ein großes Risiko einging, aber das war etwas, was er tun mußte. Vanning mußte das unheimliche Gefühl loswerden, das erdrückende Wissen, daß er ein gejagter Mann war.

Vanning arbeitete, aß, schlief und brachte es fertig weiterzuleben, aber es war sehr schwer. Manchmal war es sogar unerträglich, besonders nachts, wenn er den Mond von seinem Fenster aus sehen konnte. Er entwickelte eine

Schwäche für den Mond. Der Anblick bereitete ihm Schmerzen, dennoch wollte er ihn dort oben am Himmel sehen. Jenseits dieses Wunsches, weit weg und ganz sinnlos, war der Wunsch nach jemandem, der an seiner Seite wäre, mit ihm zum Mond aufschauen würde und ihn mit ihm teilte. Er war so einsam, und manchmal wurde ihm in seiner Einsamkeit sein Alter schmerzlich bewußt, und ihm wurde klar, daß er die Sache, die er sich mehr als alles andere wünschte, vermißte, eine Frau, um sie zu lieben, eine Frau, mit der er ein Heim gründen könnte. Ein Heim und Kinder. Jedesmal, wenn er daran dachte und erkannte, wie unerreichbar das war, brach er fast in Tränen aus. Vanning war verrückt nach Kindern. Sie waren jedes Opfer wert, all die Mühe, die Schmerzen und Sorgen, wenn er nur eines Tages jemanden heiraten könnte, der ehrlich und gut wäre und Kinder haben würde. Vier Kinder, fünf Kinder, sechs Kinder, zusammen mit ihnen alt werden, ihnen zu zeigen, wie man mit einem Football umgeht, mit ihnen am Strand umhertollen, wobei ihre Mutter ihnen lächelnd zusehen würde, ganz stolz und glücklich an einem Tisch sitzend, ihr Gesicht ihm gegenüber, dazu die Gesichter der Kinder. Am Morgen aufzuwachen, zur Arbeit zu gehen und zu wissen, daß es etwas gab, für das zu arbeiten es sich lohnte. Doch das war alles so weit entfernt wie der Mond, und manchmal hatte es den Anschein, daß der Mond sein großes, bleiches Gesicht schüttelte und ihm mitteilte, es führt kein Weg dorthin und es wäre besser, er würde das vergessen und aufhören, sich danach zu verzehren.

Nach einer Weile dehnte sich der Mond aus und wurde zu einem hell erleuchteten Raum, an dessen Decke zwei Gesichter gemalt waren. Eins davon war groß und trug eine Brille, das andere war grau und knochig und ging in einen kahl werdenden Schädel über. Die Gesichter lösten sich von der Decke, nahmen Gestalt an und befanden sich auf Körpern, die auf Beinen standen. Vanning stöhnte.

Danach blinzelte er einige Male und griff mit der Hand an seinen Mund. Als er die Hand wegnahm, war Blut daran. Vanning betrachtete das Blut und hatte den Geschmack davon in seinem Mund.

Eine Tür öffnete sich. Vanning drehte sich um und sah, wie John den Raum betrat. Er grinste John an.

John hatte seine Hände in die Hosentaschen gesteckt, biß sich auf seine Lippe und schaute nichts direkt an. Vanning stand auf, stolperte gegen das Bett und fiel darauf.

Pete ging auf Vanning zu, doch John sagte: »Nein.«

»Laß mich ihn mir alleine vorknöpfen«, verlangte Pete. »Sam ist mir nur im Weg.«

»Du hast zu hart zugeschlagen«, wies ihn Sam zurecht. »Du hast ihn zu schnell bewußtlos geschlagen, das ist nicht die richtige Methode.«

»Ich brauche Sam nicht, ich kann alleine besser arbeiten«, erklärte Pete und zog den Schlagring von seiner rechten Hand. Er rieb sich die Hände und machte einen Schritt auf das Bett zu.

»Laß ihn in Ruhe«, bestimmte John. »Halte dich von ihm fern.«

»Ich hätte gern einen Schluck Wasser«, bat Vanning.

»Sicher«, lenkte John ein. »Sam, geh und hole ein Glas Wasser.«

Sam verließ den Raum. Pete stand in der Nähe des Bettes, rieb sich die Hände und grinste Vanning an. Stille schwebte durch den Raum und verdichtete sich in der Mitte des Zimmers. Schließlich schaute John Vanning an.

»Schwer verletzt?« fragte John.

»Innen ist mein Mund ganz aufgeplatzt.«

»Einen Zahn verloren?«

»Weiß nicht. Ist mir egal.«

»Laß mich ihn alleine bearbeiten«, verlangte Pete.

John sah Pete an und sagte: »Scher dich zum Teufel, raus hier!«

Pete zuckte mit den Schultern und ging aus dem Raum. John zog einen Revolver aus seinem Schulterhalfter und spielte eine Weile damit. Er seufzte ein paarmal, runzelte mehrmals die Stirn, zuckte mit dem Gesicht, als ob er eine Fliege vertreiben wollte, dann ging er zur Wand, lehnte sich dagegen und starrte Vanning an.

Die Stille kam zurück und ließ sich in der Mitte des Raumes nieder. Vanning sog ein bißchen Blut in seinem Mund zusammen und spuckte es auf den Fußboden. Er nahm ein Taschentuch heraus, drückte es gegen seinen Mund und schaute auf das Blut, das sich hellrot von dem weißen Stoff abhob. Er blickte zu John, der dort an der Wand lehnte und ihn beobachtete. Dann öffnete sich die Tür, und Sam kam mit einem Glas Wasser herein.

Vanning nahm das Glas entgegen, und ohne es anzusehen, führte er es zum Mund. Er nahm einen Mundvoll Wasser, mußte husten und stieß das Glas Sam ins Gesicht. Es traf Sam an der Seite, zerbrach dort, und einige Splitter drangen in das Fleisch. Sams Hand fuhr unter sein Jackett.

»Nein«, rief John.

»Doch, laß mich.« Sams Augen funkelten.

»Was hast du in das Wasser getan?« fragte John.

»Nichts«, antwortete Sam.

»Salz«, erklärte Vanning. »Versuch mal Salzwasser, wenn dein Mund ganz aufgeplatzt ist.«

John ging zu Sam hinüber und machte eine Bewegung mit dem Revolver, worauf Sam den Raum verließ. John drehte sich um, sah Vanning ins Gesicht und sagte: »Du siehst, wie die Sache steht? So sind die Jungs nun mal. Es macht ihnen Spaß. Auf der anderen Seite stehst du. Alle paar Minuten fällt ihnen etwas Neues ein, und das wollen sie an dir ausprobieren.«

»Ich tue mir selbst leid«, räumte Vanning ein, »aber ich kann nichts dagegen tun.«

»Ich gestehe dir etwas«, sagte John. »Wenn du glaubst, mir macht die Angelegenheit Spaß, dann bist du verrückt.«

»Warum hörst du dann nicht auf damit?«

»Das Geld.«

»Stell dir vor, du wärst an meiner Stelle«, forderte Vanning ihn auf. »Stell dir vor, dir ist klar, daß sie den harten Weg einschlagen, wenn du nicht bereit bist zu reden. Würdest du reden?«

»Natürlich«, antwortete John. »Ich bin doch kein Idiot. Ich würde mir eine Menge Schmerzen ersparen. Geld bedeutet mir sehr viel, doch nicht so viel.«

»Glaubst du, mir würde es so viel bedeuten?«

»Ich glaube, du bist verbohrt, das ist alles. Du bist so verbohrt, daß du nicht mehr weißt, was gut für dich ist. Entweder das, oder du bist einer dieser Verrückten, die glauben, sie müßten den Helden spielen.«

»Da liegst du ganz schief«, entgegnete Vanning. »Ich bin zu alt für Heldentaten und habe zuviel Angst, um wütend zu sein. Außerdem habe ich genug Verstand, um zu begreifen, daß ich sehr leicht tot sein kann, wenn ich euch nicht sage, wo das Geld ist. Deshalb ist die Situation so aussichtslos. Ich weiß nicht, wo das Geld ist, und es gibt keine Möglichkeit, euch davon zu überzeugen.«

John seufzte erneut und sagte: »Ich bin schon eine lange Zeit in diesem Geschäft. Ich war sieben Jahre hinter Gittern. Als sie mich freiließen, beschloß ich, sauber zu bleiben. Das hielt eine Zeitlang. Ich arbeitete für eine Brauerei in Seattle und lernte ein Mädchen kennen. Ich kann mich nicht erinnern, vielleicht war ich glücklich, aber egal, ich war gesund, aß gerne und trank kaum Alkohol. Dann fing ich auf einmal an, Dinge zu bemerken. Die Art, wie so viele Leute praktisch zu Überfällen einladen. Sogar die großen Fische. Du kannst dir vorstellen, wie es weiterging, ich nahm mein altes Leben wieder auf. Zuerst nur hier und da ein paar Tankstellen, ab und zu ein Warenhaus. Dann eine kleine Bank in Spokane, der folgte eine größere in Portland, zum Schluß das große Ding in Seattle, und das sollte die letzte Sache sein.«

»Selbst das wird dir nichts helfen«, erklärte Vanning. »Wie kannst du mir etwas anbieten, wenn ich nicht in der Lage bin zu kaufen?«

Als ob ihn Vanning nicht unterbrochen hätte, fuhr John fort: »Es sollte die letzte Sache sein. Nachdem ich die Anteile ausgezahlt und die Unkosten abgerechnet habe, sollten ein bißchen mehr als zweihundert Riesen für mich übrig bleiben. Dann wollte ich warten, bis Gras über die Sache gewachsen ist, und zurück nach Seattle gehen. Dort hätte ich dann Kontakt mit dem Mädchen aufgenommen. Sieh her, ich will dir etwas zeigen.«

Den Revolver neben sich haltend, benutzte John die andere Hand, um eine Brieftasche aus seiner Hüfttasche zu ziehen. Er öffnete die Brieftasche und reichte sie Vanning. In einem durchsichtigen Plastikfach war ein Bild des Mädchens. Es war sehr jung, möglicherweise noch nicht einmal zwanzig. Ihr Haar fiel in langen, weichen Wellen auf ihre Schultern, und sie lächelte. Nach ihrem Gesicht zu urteilen war sie nicht groß, aber sie war schlank und wahrscheinlich nicht allzu helle.

Vanning gab die Brieftasche zurück und biß sich nachdenklich auf seine Unterlippe, als er sagte: »Sie ist hübsch.«

»Ein gutes Mädchen.« John steckte die Brieftasche wieder weg.

»Weiß sie Bescheid?«

»Sie weiß alles.«

»Und wie steht sie dazu?«

»Sie nimmt es, wie es kommt«, erklärte John. »Sie kümmert sich nicht darum. Sie ist bereit zu warten. Und dann gehen wir zusammen weg. Weißt du, was ich schon immer wollte? Ein Boot.«

»Zum Fischen?«

»Nur zum Herumfahren. Ich kenne mich mit Booten aus. Ich habe auf Frachtern gearbeitet, die zwischen der Westküste und Südamerika pendelten. Einmal habe ich auch auf der Yacht eines reichen Mannes gearbeitet. Ich wollte schon immer mein eigenes Boot. Der Pazifik ist ein riesiges Stück Wasser und all die Inseln.«

»Ich habe einige gesehen.«

»Tatsächlich?« John beugte sich vor und lächelte interessiert.

»Ein paar davon. Aber ich hatte nicht viel Zeit, mich auf die Landschaft zu konzentrieren. Es war zuviel los, und der Rauch störte die Sicht.«

John nickte. »Ich hab's kapiert. Aber stell dir nur vor, an der Westküste zu starten und all das Wasser, auf dem man fahren kann. All die Inseln, die vor einem liegen. Ein Vierzig-Fuß-Boot mit einem Dieselmotor, und dann von einer Insel zur nächsten zu fahren. Sie alle sehen. Kein Immobilienmakler ärgert dich mit seiner Reklame. Sie einfach anschauen und für sich selbst sprechen lassen, damit ich meine eigene Wahl treffen kann.«

»Du würdest nicht lange bleiben.«

»Du kennst mich nicht.«

»Du kennst dich selbst nicht. Du würdest anfangen, über eine neue Bank nachzudenken und über weitere Dreihunderttausend. Das ist deine Art, John. Es ist nicht dein Fehler.«

»Wessen Fehler dann?«

»Wer weiß? Etwas muß passiert sein, als du ein Kind warst. Nicht genügend Spielplätze in deiner Stadt.«

John grinste. »Du sprichst wie ein Strafverteidiger. Das ist lustig, du gefällst mir. Du hast Schneid und machst nicht viele Worte. Du kommst zurecht. Vielleicht nehme ich dich mit auf mein Boot.«

»Ich rechne damit.«

John drehte den Kopf und blickte an Vanning vorbei. »Ich möchte wetten, wir könnten wirklich Freunde werden. Wie heißt du?«

»Jim.«

»Eine Zigarette, Jimmy?«

»Danke.«

Nachdem die Zigaretten brannten, sagte John: »Daran denke ich immer, das Boot. Und du liegst falsch, wenn du glaubst, ich käme zurück. Ich werde nie zurückkommen. Nur die kleine Insel, das Mädchen und ich. Wir werden alles haben, was zwei Menschen brauchen, denk darüber nach.«

»Genau das mache ich«, bestätigte Vanning. »Und es gibt da etwas, das nicht hineinpaßt. Das Geld. Wofür brauchst du das ganze Geld?«

»Für das Boot, die Ausrüstung und andere Unkosten. Das summiert sich.«

»Aber nicht zu ein paar Hunderttausend. Nicht mal in etwa. Wenn wir eine Liste anlegen würden, könntest du sehen, wie wenig du brauchst.«

»Wir werden das später machen«, sagte John. »Wenn wir das Geld haben.«

Vanning zog an der Zigarette, ihm gefiel, was hier vorging. Es brachte ihm Zeit, und das war, was er mehr als alles andere benötigte. Wenn er Zeit hatte, konnte er nachdenken, und mit dem Nachdenken würde ihm irgendein Plan einfallen. Bis zu diesem Zeitpunkt war die Lage absolut aussichtslos gewesen, doch jetzt gab es einen Grund anzunehmen, daß es vielleicht eine Möglichkeit gab, zu überleben.

»Wenn ich dieses Boot habe«, fuhr John fort, »warte ich nicht länger. Ich werde mit ihr an Bord gehen, und dann legen wir ab. Hast du je darüber nachgedacht, wie die Städte dich beeinflussen? Sie stürzen auf dich ein wie Wände aus Stein. Du kriegst das Gefühl, erdrückt zu werden. Es geht ganz langsam, aber du hast den Eindruck, es ginge schnell. Du glaubst, schreien zu müssen, du willst weglaufen, aber weißt nicht, wohin, denn du denkst, wenn du zu laufen beginnst, wird dich etwas aufhalten.«

»Mir machen Städte nichts aus«, entgegnete Vanning.

»Städte tun meinen Augen weh. Das offene Land kann ich auch nicht leiden. Ich liebe das Wasser. Ich weiß, wenn ich erst einmal auf dem Wasser bin, überquere ich es auch. Wenn ich weggehen kann, werde ich mich gut fühlen. Dann werde ich nicht mehr nervös sein.«

»Du siehst nicht nervös aus.«

»Meine Nerven sind in einem schlechten Zustand«, erklärte John. »Ich kann kaum einschlafen. Wie schläfst du?«

»Die letzten acht Monate war es nicht so gut.«

»Du wirst sehr gut schlafen, wenn wir unser Geschäft unter Dach und Fach haben.«

»Das vermute ich.«

»Also, wie ist es, Jimmy?«

Vanning preßte die Zigarette zusammen, beobachtete, wie sich die Glut von dem noch nicht brennenden Tabak löste, und sah, wie Teile des Tabaks aus der Papierhülle fielen. Mitgefühle kannte er nicht mehr, es wurde jetzt durch Neugierde ersetzt. Er wollte, daß John weitererzählte, er wollte eine Erklärung für die Sache in Denver, dieses eigentümliche Arrangement von dem Revolver, die Tasche und das leere Zimmer. Aber er konnte nicht danach fragen, denn wenn er danach fragte und John gäbe ihm eine Antwort, dann würde er sich auf unerklärliche Weise John verpflichtet fühlen, und er konnte es sich nicht leisten, in eine solche Position zu geraten. Er hatte nichts, was er John dafür anbieten könnte.

»Ich denke darüber nach«, erklärte Vanning.

»Das ist gut«, ließ sich John vernehmen, und in seiner Stimme schwang ein leiser Ton von Verzweiflung. »Du denkst weiter darüber nach, und mach dir keine Sorgen. Denk einfach darüber nach, wir werden eine Lösung finden.«

Sie tauschten ein Lächeln aus, und John fuhr fort, weiter über das Boot zu reden. Er begann, über Schiffe im allgemeinen zu sprechen. Es sah so aus, als ob er sich damit auskennen würde. Sie blieben eine Weile bei den Booten, und dann kamen sie langsam zu dem naheliegenden Geschäft zurück.

»Es war schon komisch«, bemerkte John, »wie wir dich heute nacht gefunden haben.«

»Es war komisch, und es war geschickt.«

»Warum geschickt?«

»Die Frau«, antwortete Vanning.

»Welche Frau?«

»Mach keine Sachen«, entgegnete Vanning, und sein Herz schlug ihm bis zum Halse.

»Oh«, seufzte John. »Diese Frau. Die Frau in dem Restaurant. Ich habe sie nicht genau gesehen. Was ist mit ihr?«

»Genau«, sagte Vanning. »Was ist mit ihr?«

»Du solltest das wissen.«

»Alles, was ich weiß, ist, daß sie kaum besser hätte arbeiten können. Ich bin nicht der hellste Kerl, wenn man es genau nimmt, aber so bin ich noch nicht oft hereingelegt worden.«

John lachte. »Du hast nicht die blasseste Ahnung«, erklärte er. »Sie hat nicht für uns gearbeitet. Wir haben sie nie vorher gesehen.«

»Ich verstehe nicht, warum du ihr Gesicht wahren willst.«

»Vielleicht willst du sie wiedersehen. Vielleicht hat sie dir gefallen.«

»Ich bin verrückt nach ihr«, meinte Vanning lakonisch. »Warum auch nicht? Sieh dir an, was sie für mich getan hat. Ich sollte ihr eine Orchidee kaufen.«

»Das klingt, als ob es von Bedeutung wäre.«

»Es ist von Bedeutung, denn es ist eine Sache, für die sich ein Mann selbst in den Hintern treten möchte. Schlimm genug, daß ich überhaupt mit ihr gesprochen habe. Was aber wirklich weh tut, ist, daß ich mich von ihr habe in eine Straße führen lassen, in der es kaum eine Beleuchtung gab.«

»Vielleicht führt das alles noch zum Guten«, gab John zu bedenken. »Nun werden wir diese ganze Sache schnell zu Ende bringen, und alles wird in Ordnung sein.«

»Und das Boot. Vergiß nicht das Boot.«

»Ja, das Boot«, bestätigte John und grinste, doch dann hörte er auf zu grinsen.

Denn Vanning war neben ihm, zu nah neben ihm, und er bewegte sich. Vannings Hand griff in Richtung des Revolvers, zuckte von der Waffe weg, als diese hochkam, und schloß sich um Johns Handgelenk. Vanning drehte Johns Handgelenk, drehte fester, und der Revolver entglitt Johns Hand, als Vanning noch einmal drehte. Dann schoß Vanning eine kurze Rechte ab, die John an der Schläfe traf. Als John versuchte, sich aufzurichten, schlug Vanning wieder zu und ein drittes Mal, dann ging John auf den

Boden, wobei er auf der Bettkante aufschlug. Er versuchte hochzukommen.

Vanning ließ ihn sich halb aufrichten und seinen Mund halb öffnen. Dann holte Vanning aus, preßte die Finger seiner rechten Hand zur Faust zusammen und schickte sie in einer geraden Linie direkt in Johns Gesicht, wo sie explodierte. Johns Augen schlossen sich, er sackte zusammen, fiel auf den Boden, rollte zur Seite und blieb dort liegen.

Vanning ging zu dem Fenser und schaute hinaus. Ein paar Fuß weiter unten befand sich ein Sims. Er stieg aus dem Fenster und stellte sich auf den Sims, blickte hinunter und sah einen weiteren Sims, der zu dem Verandadach hinunterführte. Er kletterte hinab. An seinen Fingerspitzen hängend, arbeitete er sich zu einem Punkt, der einigermaßen nahe an dem Verandadach war, und ließ los. Vanning machte nicht viel Krach, als er auf das Verandadach fiel, aber es erschien ihm wie ein Donnern. Er wartete dort, bis das Geräusch verklungen war und es wieder still wurde. Er sprang von dem Dach hinunter und fragte sich, ob sie die Schlüssel in der grünen Limousine steckengelassen hatten.

6

Wieder erschien ein Fährschiff, viel größer als das erste, und auch die riesige Welle erhob sich wieder. Fraser öffnete die Augen, drehte seinen Kopf und sah einen graulila Schimmer durch die Jalousie fallen. Er drehte sich um und verließ das Bett. Sofort wurde seine Frau wach und setzte sich auf.

»Ich ziehe mich an«, erklärte Fraser.

»So früh schon?«

»Ich hätte ihn letzte Nacht nicht alleine lassen dürfen.«

»Komm zurück ins Bett.«

»Nein«, widersprach er. »Ich muß erst sicher sein.« Er ging zu der Kommode, zog die Schublade auf und nahm ein gelbbraunes Lederetui heraus, an dem ein langes Band befestigt war. Fraser zog sich schnell an, warf sich das Etui an dem Band über die Schulter und sah jetzt aus, als wolle er zum Pferderennen.

»Frühstück?« fragte sie.

»Ich habe keine Zeit.«

»Ein Glas Orangensaft?«

»Nein«, lehnte er ab. »Danke, Liebling, aber die Sache ist dringend.«

»Ruf mich an«, sagte sie. »Ich will Bescheid wissen.«

Fraser nickte und stürzte aus dem Zimmer. Er stand ungeduldig im Lift und wurde noch ungeduldiger auf der Straße, die ziemlich verlassen war, besonders verlassen was die Taxis betraf. Er mußte einen Block weit laufen, bis er eins fand.

Das Taxi brachte ihn nach Greenwich Village und setzte ihn einen halben Block entfernt von dem Ort ab, zu dem er wollte. Er lief schnell die restliche Strecke, betrat ein Haus, das gegenüber von Vannings Wohnung stand, und hetzte die Stufen hinauf zu dem Zimmer, das er gemietet hatte, um Vannings Wohnung beobachten zu können. Er öffnete das Lederetui und nahm einen Feldstecher heraus.

Am Fenster hob er den Feldstecher an die Augen und richtete ihn auf Vannings Zimmer. Er sah einen leeren Raum mit einem Bett, in dem niemand geschlafen hatte. Fraser stand am Fenster, den Feldstecher an den Augen, und der leere Raum warf seine Blicke zurück.

Er steckte den Feldstecher in das Etui zurück. Es war ein sehr gutes Gerät und hatte eine Menge gekostet. Wenn er nicht so wertvoll gewesen wäre, hätte er ihn in diesem Raum deponiert, doch das Haus war heruntergekommen, und einige der Mieter hatten die Angewohnheit, mit Hilfe eines Dietrichs die Räume von anderen Leuten zu besuchen. Aber im Moment kümmerte er sich nicht viel darum, ob jemand den Feldstecher stehlen würde. Er ließ das Etui auf dem Tisch liegen und ging aus dem Zimmer.

Fraser mußte unbedingt mit jemandem sprechen und beschloß, das Hauptquartier anzurufen. Unten war ein Münzfernsprecher, und er warf fünf Cent ein, bewegte den Finger auf die Wählscheibe zu und merkte auf einmal, daß er nicht die Nummer vom Hauptquartier wählte, sondern seine Frau anrief. Sie mußte neben dem Telefon gesessen und auf den Anruf gewartet haben, denn sie hob sofort ab.

»Er ist verschwunden«, sagte Fraser.

»Bist du sicher?«

»Ich habe doch gesagt, er ist verschwunden.«

»Bitte, rege dich nicht auf.«

»Ich habe die Sache verpatzt.«

»Bitte …«

»Ich war mir zu sicher. Als ich ihn gestern verlassen habe, hätte ich schwören können, daß er auf dem Weg in seine Wohnung ist, um ins Bett zu gehen. Er hatte an seinem Zeichenbrett gearbeitet und heute einen Termin bei einem Art-Direktor. Ich hatte alles überprüft und war mir so sicher. Ich habe wirklich ein Talent für solche Sachen, ich weiß immer, was ich tue, ich bin großartig …«

»Jetzt hör auf, ja?«

»Ich glaube, ich kündige …«

»Laß das. Komm nach Hause …«

»Nein«, entgegnete Fraser. »Ich habe das Gefühl, daß ich frische Luft brauche. Ich kenne eine Grundschule mit Kindergarten hier in der Nähe. Das beste ist, ich melde mich dort an.«

»Bleib auf deinem Posten. Vielleicht kommt er zurück.«

»Nein, er ist weg.«

»Ich sagte, bleib dort.«

»Liebst du mich noch?«

»Ja.«

»Wirklich?« fragte er. »Ganz bestimmt?«

»Ja, Liebling.«

»Ich glaube, es gibt nicht mehr viel, was du lieben kannst. Ich sollte dir nicht meine Probleme aufhalsen.«

»Wenn du das nicht tätest, würde ich dich nicht lieben. Aber willst du, daß ich dich noch mehr liebe?«

»Ja«, antwortete Fraser. »Ich möchte, daß du mich über alles liebst.«

»Dann bleib dort.«

»Er wird nicht zurückkommen.«

»Vielleicht doch. Bitte bleib auf deinem Posten.«

»Warum?«

»Es besteht die Möglichkeit …«

»Das glaube ich nicht. Ich denke, sie haben ihn erwischt.«

»Wer?«

»Die anderen Männer. Er ist zum ersten Mal nicht nach Hause gekommen. Für welche andere Arbeit, glaubst du, würde ich mich eignen?«

»Ich werde sehr böse mit dir.«

»Vielleicht gehe ich zum Hauptquartier.«

»Ich möchte nicht, daß du das machst.«

»Ich muß aber dorthin. Ich muß ihnen davon berichten. Jetzt gleich. Es einfach hinter mich bringen. Diese ganze gottverdammte Sache hinter mich bringen. Ich gehe hin …«

»Nein …«

»Bis später …«

»Ich sagte nein. Bleib am Telefon, häng nicht auf …«

»Warum?«

»Ich will mich mit dir unterhalten.«

»Über was?«

»Uns.«

»Dich und mich?«

»Und die Kinder«, ergänzte sie.

»In Ordnung, rede. Ich höre zu.«

»Ich vertraue dir«, erklärte sie. »Du bist der beste Mann, den ich je gekannt habe. Manchmal fühle ich mich, als ob ich zu irgendeinem Fremden gehen und ihm von meinem Mann erzählen müßte. Und die Kinder sind so stolz auf dich, auch ich bin stolz auf dich ...«

»Du solltest mich jetzt einmal sehen.«

»Bedeutet es dir etwas, wenn ich dir sage, daß ich Vertrauen in dich habe?«

»Das führt dazu, daß ich mich schlecht fühle«, antwortete er. Frasers Stimme war sehr leise. Er hatte ein ziemlich ruhiges Leben geführt, wenn man bedachte, welchen Beruf er hatte, und neben den üblichen Aufregungen, den Höhen und Tiefen, hatte er nicht mehr Enttäuschungen und Rückschläge erlebt als jeder Durchschnittsbürger. Er war in der Lage gewesen, dies alles mit nicht zuviel Kummer oder Selbstvorwürfen hinzunehmen, doch nun war er höchst verzweifelt und kurz davor, sich selbst zu hassen. Nicht für das, was er sich persönlich angetan hatte, sondern dafür, was der Ruin seiner Karriere für die Zukunft seiner Frau und der Kinder bedeutete. Er hatte das Gefühl, daß genau in diesem Moment das Schicksal seiner Familie sehr unsicher war. Doch nicht, weil das Hauptquartier ihn rausschmeißen würde, das würden sie nicht tun. Er war schon zu lange dabei, und seine Personalakte war makellos.

Das war es, seine Personalakte war zu makellos. Sie würden ihm auf die Schulter klopfen und sagen, er solle die ganze Sache vergessen. Sie würden ihm empfehlen, eine Woche freizunehmen und auszuspannen, um dann mit frischen Kräften zurückzukommen. Aber er würde nicht als derselbe zurückkommen. Er käme zurück mit dem deutlichen, eisigen Bewußtsein, daß er auf dem absteigenden Ast war. Und schon jetzt ging es mit ihm abwärts. In dem Moment, in dem er das Hauptquartier betrat, um die Sache zu berichten, würde es in Riesenschritten mit ihm abwärtsgehen, ohne daß eine Unterstützung oder etwas, das ihn nach oben brachte, in Sicht wäre. Doch genau das mußte er tun, er mußte dem Hauptquartier Bericht erstatten, und zwar sofort.

»Ich muß auflegen«, sagte er. »Ich gehe zum Hauptquartier.«

»Tust du mir einen Gefallen?« In ihrer Stimme klang Verzweiflung, und es war, als ob sie seine Gedanken gelesen hätte. »Wartest du dort bitte eine Stunde? Nur eine Stunde.«

»Das ist gegen die Vorschriften. Wir müssen solche Vorfälle unverzüglich melden.«

»Ich bat dich, etwas zu riskieren.«

»Ein hoher Einsatz«, stellte Fraser fest, und er meinte es so. Trotz seiner Verdienste, trotz seiner vielen Jahre in dem Job konnte er nicht einfach gegen die Vorschriften verstoßen, ohne das Risiko einzugehen, gefeuert zu werden. Auch wenn sie ihn sehr gut leiden konnten, hatte das Hauptquartier die Angewohnheit, solche Sachen überaus ernst zu nehmen. Vielleicht würden sie ihn hinauswerfen, nur um ein Exempel zu statuieren.

»Ich weiß, es bedeutet, ein großes Risiko einzugehen«, gab sie zu. »Aber mach es trotzdem. Für mich.«

Er biß sich auf die Lippe. »Eine Stunde?«

»Nur eine Stunde.«

In ihrer Stimme lag eine seltsame Gewißheit, und er mußte lächeln. Es war ein hölzernes, müdes Lächeln. »Du willst mich überreden«, stellte er fest. »Du willst, daß ich annehme, du könntest hellsehen.«

»Versprich mir, daß du eine Stunde noch dortbleibst.«

Er wartete einige Sekunden, und dann antwortete er: »In Ordnung.«

»Du versprichst es? Wirklich?«

»Ja.« Fraser legte den Hörer auf die Gabel, dann stieg er die staubigen Treppen hinauf und betrat das Zimmer. Er nahm den Feldstecher und ging zum Fenster.

7

Der Himmel war in morgendliches Grau gehüllt, als die Limousine die Brooklyn Bridge überquerte. Ein bleiches Blau zeigte sich am Himmel, als Vanning den Wagen in einer Gasse, die von der Canal Street abging, parkte. Er benutzte die Untergrundbahn, um zurück ins Village zu kommen, und das erste, was er nach dem Betreten seiner Wohnung machte, war, seine Sachen zusammenzupacken. Nachdem er ein paar Minuten damit zugebracht hatte, änderte er seine Meinung, setzte sich auf einen Stuhl nahe dem Fenster und rauchte eine Zigarette nach der anderen, während er verschiedene Alternativen durchdachte. Er war sicher, daß sie seine Adresse nicht kannten, doch er sagte sich, daß er nicht zu sicher über irgend etwas sein dürfte. Der logische Schritt an diesem Punkt war einfach und einleuchtend, und das Logischste, an das er denken konnte, war Schlaf. Vanning schlief bis in den Nachmittag, dann duschte er und rasierte sich und kam nach einer Inspektion seines Äußeren im Spiegel zu dem Schluß, daß er ein bißchen zu derangiert für ein Erscheinen in der Werbeagentur aussah, in der seine Illustrationen fällig waren. Nach dem Frühstück benutzte er die Telefonzelle eines Restaurants und erzählte dem Art-Direktor, daß er eine Magenverstimmung hätte. Der Art-Direktor sagte ihm, daß morgen noch ausreichen würde, machte Witze über die

Auswirkungen von Alkohol auf den Magen des Menschen und erklärte ihm, daß Milch die beste Medizin für einen mitgenommenen Magen wäre. Vanning bedankte sich bei dem Agenturangestellten und hängte ein. Er nahm die Untergrundbahn in die Uptown und wußte nicht, wo er eigentlich hinwollte. Er wollte einfach aus dem Village heraus und nachdenken.

Er fühlte immer noch den Drang in sich, das Verlangen, diese Stadt zu verlassen, zu reisen und immer weiter zu reisen. Aber es war keine Reise, es war Flucht. Doch das Verlangen wurde von dem Wissen überdeckt, daß Flucht eine Bewegung ohne vernünftigen Sinn war. Die Flucht war nur eine andere Form des Abwartens, und er hatte genug vom Warten. Er mußte irgendeine Lösung finden, und die einzige Art, wie er etwas lösen konnte, war, in die Offensive zu gehen.

Vanning war ein Teil der Menge, die sich auf der Madison Avenue befand, und er bewegte sich zwischen den Schemen der Leute, wobei er einen nach dem anderen hinter sich ließ. Die Schemen verschwanden teilnahmslos, als er sie zur Seite stieß. Er betrat einen Drugstore und bestellte einen Orangeneisbecher. Den Eisbecher vor sich, nahm er einen Löffel, klopfte damit in seine Handfläche, entschied, die Sache vom Anfang an zu betrachten und die Teile Stück für Stück zu untersuchen, um zu sehen, ob sie nicht zusammenpassen würden.

Es gab nicht viele Teile. Da war John. Dazu kamen Pete und Sam. Da war die grüne Limousine und das Haus in den Außenbezirken von Brooklyn. Nichts davon half weiter. Da gab es den Mann, der in Denver gestorben war, doch das brachte ihn auch nicht weiter. Da war Denver selbst und die Polizei in Denver. Die Polizei.

»Wollen Sie das Orangeneis essen oder trinken?« fragte eine Stimme.

Vanning blickte auf und sah das ausdruckslose Gesicht des Drugstore-Angestellten.

»Es schmilzt«, machte der Angestellte ihn aufmerksam.

»Es schmilzt«, wiederholte Vanning.

»Natürlich. Sehen Sie das nicht?«

»Erklären Sie mir eins«, forderte Vanning ihn auf.

»Alles. Ich bin nämlich ein Schlauberger.«

»Darauf wette ich. Ich wette, Sie wissen alles, was man über Orangeneis wissen kann.«

»Auch über Menschen.«

»Bleiben wir beim Orangeneis.«

»Ganz wie Sie wollen. Das Geschäft geht nicht mehr gut. Heutzutage müssen wir den Kunden etwas bieten, um sie zufriedenzustellen.«

»Es gehört nicht viel dazu, mich zufriedenzustellen«, beruhigte ihn Vanning. »Ich wundere mich nur über das Eis.«

»Da sind keine Fliegen drin. Wir desinfizieren unsere Sachen jeden Tag.«

»Ich meine die Art, wie es schmilzt.«

»Im Winter schmilzt es nicht, Mister, aber jetzt haben wir Sommer. Im Sommer ist es heiß, und deshalb schmilzt das Eis. Alles klar?«

»Für den Anfang ja. Aber machen wir weiter.«

»Natürlich. Sobald ich das Eis für Miß Amerika dort drüben fertiggemacht habe.«

Vanning wartete. Er steckte den Löffel in den schmelzenden Hügel aus bleichem Orangeneis und ließ ihn dort. Der Angestellte kam zurück und fragte: »Nun, wo waren wir stehengeblieben?«

»Bei dem Orangeneis. Sehen Sie, es ist fast vollständig geschmolzen.«

»So geht das halt. Es ist eine schlechte Welt.«

»Aber nehmen wir mal an, wir denken darüber nach. Nehmen wir an, wir frieren es wieder ein. Worauf ich hinaus will, ist, daß eine Sache zerstört aussehen kann, aber wenn man sie richtig behandelt, kann man sie wieder in Ordnung bringen. Sie ist wieder zu gebrauchen.«

»Das ist meine Einstellung«, sagte der Angestellte. »Gib niemals auf. Eines Tages werde ich der König von Manhattan sein. Behalten Sie mich im Auge.«

»Schön für Sie«, räumte Vanning ein. Er nahm die Rechnung, legte ein Fünfzigcentstück auf den Tresen und ging zu den Telefonzellen. Ein Summen war in seinem Kopf, und es war ein optimistisches Summen. Ihm gefiel das Gefühl, dieses geräuschlose Vibrieren. Er betrat die Zelle, schloß die Tür und nahm etwas Kleingeld aus seiner Tasche. Er warf einen Fünfer in den Schlitz.

»Die Nummer bitte?«

»Ich möchte mit Denver telefonieren.«

»Was meinen Sie, Sir?«

»Denver, Colorado.«

»Welche Nummer, Sir?«

»Polizeihauptquartier.«

»Bezahlen Sie direkt?«

»Ja, und unterbrechen Sie mich nicht. Ich werde Ihnen sagen, wenn ich fertig bin.«

»Einen Moment bitte.«

Vanning wartete einige Augenblicke, bis er den Betrag erfuhr. Dann wartete die Vermittlung, während Vanning die Telefonzelle verließ und sich das notwendige Kleingeld besorgte. Sie stellte die Verbindung für ihn her, und er warf Fünfundzwanzig- und Zehncentstücke in die Schlitze und wartete. Dann hörte er sie sagen: »Hier New York. Einen Moment bitte.«

»Ja? Hallo?« war eine Stimme zu vernehmen.

Vanning beugte sich über die Sprechmuschel. »Ist dort das Polizeihauptquartier in Denver?«

»Richtig. Wer ist dort?«

Vanning nannte den Namen einer New Yorker Zeitung und sagte: »Abteilung Reportagen. Hier spricht Mr. Rayburn, stellvertretender Redaktionsleiter. Ich frage mich, ob Sie mir weiterhelfen können?«

»Einen Moment bitte!«

Die Stimme reichte ihn an eine andere Stimme weiter und dann zu einer dritten und einer vierten.

»In Ordnung, was können wir für Sie tun?« fragte die vierte Stimme.

»Sagen Sie mir bitte, mit wem ich spreche?«

»Hansen, Mordkommission. Was wünschen Sie?« Vanning stellte sich genauso vor, wie er es schon der ersten Stimme gegenüber getan hatte, und fuhr dann fort: »Wir möchten einen Bericht machen über einen Mord, der in Denver vor einiger Zeit stattgefunden hat.«

»Das sagt mir nicht viel.«

»Vor acht Monaten.«

»Aufgeklärt?«

»Das ist, was wir nicht wissen. Wir haben ein paar Informationen vom Hörensagen.«

»Irgendwelche Namen?«

»Nein«, antwortete Vanning. »Das ist der Grund meines Anrufs. Wir haben nichts darüber in unserem Archiv. Aber nach dem, was wir gehört haben, muß es eine von diesen sensationellen Geschichten sein.«

»Ist das alles, was Sie mir sagen können?«

Vanning starrte auf die Wand hinter dem Telefon und sagte sich, er solle aufhängen. Es war ein verrückter Einfall gewesen. Er war voller Risiken. Wenn er zu lange in der Leitung bliebe, wenn er einen Fehler machte, dann würden sie den Anruf zurückverfolgen. Vielleicht waren sie schon dabei. Er verstand nicht, warum er am Telefon blieb. Einen Moment lang wünschte er sich, daß sie den Anruf zurückverfolgten, er wünschte, daß sie ihn schnappten, ein für allemal die ganze Geschichte hinter sich bringen, so oder so. Im nächsten Moment überlegte er sich, aufzuhängen, aus dem Drugstore zu gehen und die Gegend zu verlassen, aber etwas hielt ihn am Telefon fest. Er wußte nicht, was es war. In seinem Kopf befanden sich eine Gruppe von Jongleuren, die alle ihre Keulen fallen ließen.

»Wir wissen, daß das Opfer ein Mann war und daß der Mörder identifiziert wurde, aber entkommen konnte.«

»Warten Sie eine Minute, ich werde in den Akten nachsehen.«

Vanning zündete sich eine Zigarette an. Die Stille in der Leitung war wie ein Ozean ohne Wellen. Er blies den Rauch in die Muschel und beobachtete, wie er sich verteilte. Die Minute verging, und eine weitere Minute verstrich. Dann eine dritte und eine vierte. Die Vermittlung schaltete sich für ein paar Sekunden ein, und Vanning sagte ihr, sie solle sich am Ende des Gesprächs melden und ihm sagen, was er der Telefongesellschaft schuldete. Dann war der Hörer wieder still, und eine weitere Minute verging.

Dann meldete sich wieder die Stimme aus Denver und sagte: »Vielleicht ist es das. Sind Sie noch dran?«

»Ich höre.«

»Vor acht Monaten, es war ein Mann namens Harrison. Wurde ein paar Blocks vom Harlan-Hotel entfernt erschossen. Verdächtigt wird ein Mann namens James Vanning. Noch nicht gefaßt.«

»Das ist es.«

»Was ist damit?«

»Können Sie mir etwas darüber sagen?«

»Nichts, was Sie für eine Reportage gebrauchen könnten. Aber ich bin nicht im Zeitungsgeschäft.«

»Überhaupt nichts?«

»Hören Sie zu, wenn das so wichtig ist, warum schicken Sie dann nicht jemanden her?«

»Das werden wir, wenn wir zu der Ansicht kommen, daß daraus etwas werden könnte.«

»Das bezweifle ich, aber Sie bezahlen schließlich viel Geld für den Anruf. Wollen Sie sich Notizen machen?«

»Ich bin bereit, schießen Sie los.«

»Harrison, Fred. Sechsmal festgenommen. Hat wegen Raubes eingesessen. 1936 wurde er in einem Mordfall verhaftet, aber das Verfahren wurde mangels Beweises eingestellt. Zur Zeit, als er ermordet wurde, war er auf Bewährung frei. Alles weitere liegt im dunkeln. Kein Motiv und keine Spur des Verdächtigen.«

»Sind Sie sich in bezug auf die Identität des Verdächtigen sicher?«

»Daran besteht kein Zweifel. Wir haben die Fingerabdrücke auf der Waffe, und Vannings Wagen parkte in der Nähe des Harlan-Hotels. Vanning hatte sich in das Harlan-Hotel unter dem Namen Dilks mit noch zwei anderen Männern eingeschrieben.«

»Ihre Namen?«

»Smith und Jones. Das ist alles, was wir haben, um damit zu arbeiten.«

»Gibt es noch mehr über Vanning?«

»Er wurde mit Harrison in der Hotelhalle gesehen, ungefähr zehn Minuten bevor dieser umgebracht wurde. Jemand hat beobachtet, wie sie zusammen das Hotel verließen. Das war das letzte Mal, daß Vanning gesehen wurde.«

»Bleiben wir mal bei ihm«, beharrte Vanning. »Ich kann Ihnen nichts Definitives versprechen, aber vielleicht können wir ein paar Informationen ausgraben, die Sie gebrauchen können. Erzählen Sie mir mehr über den Mann.«

»Da gibt es nicht mehr viel zu erzählen. Auf den ersten Blick würden wir sagen, daß die Sache von einem gekauften Killer erledigt wurde. Aber dieser Vanning gibt uns Rätsel auf. Keine Verhaftungen. Hat als Werbegrafiker in Chicago gearbeitet. Diente als Oberleutnant in der Marine, er war Trefferkontrolloffizier auf einem Schlachtschiff. Wurde für Tapferkeit ausgezeichnet. Er hat einen exzellenten Leumund, keine vorherigen Beziehungen zu dem Opfer. Es ist ein verworrener Fall. Wir wissen, daß er es getan hat, und das ist alles. Sie sagten, Sie könnten uns ein paar Informationen geben?«

»Wir könnten vielleicht etwas für Sie haben. Sagen wir, in ein paar Tagen. Wir sind uns noch nicht sicher, aber es gibt da ein paar interessante Verbindungen, die aussichtsreich erscheinen.«

»Warum teilen Sie mir die nicht gleich mit?«

»Ich will mich nicht lächerlich machen. Vielleicht sind sie ja bedeutungslos. Ich will nicht meinen Job verlieren. Denken Sie daran, ich bin nur der stellvertretende Redaktionsleiter und habe noch meinen Chef über mir.«

»Lassen Sie mich mit Ihrem Chef sprechen, ich bleibe dran.«

»Warten Sie«, sagte Vanning, »sehen wir mal, was ich machen kann.« Er wandte sein Gesicht von der Muschel und rief ins Leere: »Johnny, ist der Chef in der Nähe?« Dann wartete er und sprach nach einiger Zeit wieder ins Telefon: »Warten Sie eine Minute.«

»Ich warte.«

Vanning steckte sich noch eine Zigarette an, zog hastig daran, schloß seine Augen, und seine Stirn war umwölkt vom angestrengten Nachdenken. Auf einmal schnippte er mit den Fingern. Er hatte einen Plan und konnte keine Schwachstellen darin finden. Vanning zog sein Einstecktuch aus der Brusttasche, legte es über die Sprechmuschel und sprach mit hoher nasaler Stimme: »Hier Callahan. Redakteur der Reportagenredaktion.«

»Hier ist Hansen, Polizei Denver, Mordkommission.«

»Was hat Rayburn Ihnen erzählt?«

»Nichts, er hat nur Fragen gestellt. Aber er sagte, daß er vielleicht etwas erzählen könnte. Er sagte, es würde seine Kompetenzen überschreiten, deshalb bat ich, Sie sprechen zu dürfen.«

»Wenn Rayburn ein guter Zeitungsmann wäre, dann würde er mich nicht mit solchen Sachen belästigen. Ich verstehe nicht, warum sie mir immer diese Angelegenheiten anhängen.«

»Hören Sie, Callahan, das ist eine Sache zwischen Ihnen und Rayburn. Ich bin Polizist, und wir bemühen uns, einen Mörder zu fassen. Sie versuchen, eine Story zu bekommen. Wenn wir uns gegenseitig helfen können, ist das prima. Aber Sie können nicht erwarten, daß ich Ihnen Informationen liefere, und Sie sitzen in New York und halten mit dem, was Sie wissen, hinter dem Berg. Wenn Sie etwas wissen, von dem Sie glauben, es würde uns nützen, dann heraus damit. Ansonsten hören Sie damit auf, Ihre und meine Zeit zu verplempern.«

»Ich denke, Sie haben recht.«

»Das meine ich auch.«

»In Ordnung«, stimmte Vanning zu. »Ich werde es Ihnen mitteilen, aber Sie müssen sich klar darüber sein, daß es nicht sicher ist. Es ist lediglich etwas, das wir mehr oder weniger zufällig aufgeschnappt haben. Jemand hat uns angerufen und uns die Geschichte eines Bankraubs in Seattle erzählt, der, wie er sagte, ungefähr acht oder neun Monate zurückliegt. Eine große Sache, dreihunderttausend Dollar. Er sagte, es hinge mit einem Mordfall in Denver zusammen. Wir riefen in Seattle an, und die teilten uns mit, sie hätten die Spur der Täter bis nach Colorado verfolgt.«

»Das ist interessant.«

»Ist das neu für Sie?«

»Brandneu. Sagen Sie mir eins, wie viele Männer waren an der Seattle-Sache beteiligt?«

»Drei«, antwortete Vanning und wollte die Antwort zurückhalten, bevor sie die Muschel erreichte, aber sie war schon in der Leitung und schon in Denver.

»Drei Männer. Das paßt zusammen, Dilks, Smith und Jones. Damit steckt Vanning in dem Banküberfall. Ich werde das mit Seattle abklären. Ich denke, Sie haben uns etwas gesagt, was wir gebrauchen können. Würden Sie bitte einen Moment am Apparat bleiben?«

»Wenn es nicht zu lange dauert«, entgegnete Vanning.

Er holte tief Luft und stieß sie in Richtung des über die Sprechmuschel ausgebreiteten und gestrafften Taschentuches aus. Er fragte sich, wie lange er schon in der Telefonzelle war. Es hatte den Anschein, als wäre es ein ganzer Tag und daß er einen Fehler nach dem anderen beginge. Es gab zu viele Dinge, an die er sich erinnern mußte, und eins der wichtigsten hatte er schon vergessen, den Aspekt, der Sam betraf, die Tatsache, daß Sam bei der Geschichte in Denver nicht dabei war. Sam war in Leadville bei dem Arzt gewesen. Drei Männer bei dem Banküberfall in Seattle, und drei Männer in dem Denver-Fall. Er hätte sich selbst in die Fresse schlagen können, aber jetzt war es passiert. Nun wurde er mit Seattle genauso in Verbindung gebracht wie mit Denver. Nun hatte er Sams Stelle eingenommen. Er war nur ein Stellvertreter und doch gleichzeitig der Hauptverdächtige. Er war der Star, die Attraktion in der Angelegenheit, er war der Sündenbock und der Idiot, der jede verdammte Chance, die er gehabt hatte, zunichte gemacht hat. Dieses Telefongespräch war nur ein weiterer Kardinalfehler in einer Reihe von schweren Irrtümern. Er hatte sich damit hereingelegt, so wie er sich schon die ganze Zeit hereingelegt hatte. Er war kein Profikrimineller, noch nicht einmal ein Amateur. Er war ein Werbegrafiker, ein erwachsener Mann, ein gewöhnlicher Bürger, der an Recht und Gesetz glaubte, und ein Mann, der zuviel Aufregung für etwas Unnatürliches und Krankhaftes hielt. Er gehörte nicht in dieses Durcheinander, diesen Teufelskreis, der sich drehte und drehte.

Die Stimme aus Denver war auf einmal wieder da. »Hallo, Callahan?«

»Bin noch da.«

»Wir klären das mit Seattle. Können Sie dranbleiben?«

»Ich werde warten.«

»Gut, es wird nicht mehr lange dauern.«

Vanning steckte sich eine weitere Zigarette in den Mund, hatte aber kein Verlangen danach, sie anzuzünden. Er hob seine Hand vor die Augen und wunderte sich, warum seine Finger nicht zitterten. Vielleicht befand er sich schon jenseits dieses Punktes, und möglicherweise waren seine ruhigen Finger tatsächlich ein schlechtes Zeichen. Er saß da, den Kopf geneigt, und hatte Mitleid mit sich, Mitleid mit jedem armen Schwein, das jemals in eine solche Lage gekommen war. Doch dann hob er etwas seinen Kopf und lächelte ein wenig. Die Dinge standen so schlecht, daß es schon wieder zum Lachen war. Wenn ihn die Leute jetzt sehen würden, wären ihre Reaktionen gemischt. Einige hätten Mitleid mit ihm, andere würden so lächeln, wie er es im Moment tat. Vielleicht würden einige auch über ihn lachen, wie sie über Charlie Chaplin im heißen Wasser irgendwo oben am Klondike lachen würden.

Vanning seufzte und dachte an andere Männer, an Tausende und Abertausende, die in Fabriken arbeiteten, in Büros, an Männer, die abends zu einem hausgemachten Essen nach Hause gingen, im Wohnzimmer mit ihren Frauen und Kindern saßen, Bob Hope zuhörten, zu einer bestimmten Stunde schlafen gingen und dabei wirklich schliefen und an nichts anderes dachten außer an den nächsten Arbeitstag und den nächsten Abend zu Hause im Kreis der Familie. Das war alles, was sie erwarteten, und Vanning sagte sich, daß er seinen rechten Arm dafür geben würde, wenn das alles wäre, was er erwarten könnte.

»Callahan?«

»Ja.«

»Bleiben Sie dran, ich bin sofort wieder da. Wir sprechen immer noch mit Seattle auf einer anderen Leitung.«

»Machen Sie es kurz, ja?«

»Bin sofort wieder da.«

Vanning riß ein Streichholz an und hielt es an die Zigarette, die zwischen seinen Lippen wartete. Er inhalierte ein bißchen Rauch, stieß ihn aus, drehte seinen Kopf und sah eine Frau vor der Telefonzelle warten. Sie schien des Wartens überdrüssig zu sein, ihre Haltung war typisch. Die Hand auf der Hüfte, den Kopf zur Seite geneigt und die Lippen sarkastisch zusammengepreßt, schien sie zu sagen: Nur weiter, lassen Sie sich den ganzen Tag Zeit, es ist ja so blödsinnig, an andere Leute zu denken. Vanning lächelte einfältig, und der Ausdruck im Gesicht der Frau änderte sich. Sie funkelte ihn an, dabei sah sie sehr attraktiv aus in der Art, wie sie ihn anstarrte. Eine hübsche Frau mit einer Hochfrisur, sie war schön und schlank, und ihre Erscheinung entsprach dem, was man auf der Madison Avenue erwartete. Es näherte sich die Cocktailstunde, und es war offensichtlich, daß sie sich noch einmal ihrer Verabredung bei Theodores oder dem Drake versichern wollte. Es war ärgerlich, daß Vanning sie so lange warten ließ. Das war wirklich nicht schön. Alles, was sie wollte, war, ihre Verabredung einhalten, und alles, was er wollte, war, am Leben bleiben. Jetzt änderte sich ihr Gesichtsausdruck wieder, und sie schien wirklich besorgt zu sein. Vanning ärgerte sich ein bißchen über sich selbst, weil er eine eigentümliche Befriedigung dabei verspürte, wie die Frau vor Ärger die Stirn runzelte. Letzten Endes war er nicht der einzige Mensch auf der Welt, der Sorgen hatte.

Die Frau veränderte ihre Haltung und stieß ärgerlich die Luft aus.

Vanning öffnete die Tür der Telefonzelle und sagte: »Ich telefoniere mit Denver.«

»Wie schön.«

»Es tut mir wirklich leid, daß es so lange dauert.«

»Dann tut es uns beiden leid.«

»Vielleicht ist eins der anderen Telefone ...«

»Nein, Süßer. Jeder telefoniert mit Denver.«

»Ich werde versuchen, es kurz zu machen.«

»Bitte versuchen Sie es. Ich will die Verabredung absagen, bevor er hier ist.«

»Ich dachte, Sie wollten eine Verabredung einhalten«, stellte Vanning fest.

»Ich will sie absagen. Ich hoffe, es stört Sie nicht.«

»Kommt darauf an, vielleicht ist er ja ein netter Kerl.«

»Er ist ziemlich langweilig«, erklärte die Frau. »Er will mich heiraten. Was soll das Taschentuch über dem Hörer?«

»Ich habe einen Schnupfen und möchte vermeiden, daß ein anderer ihn bekommt. Ich ...«

Denver meldete sich wieder. Vanning schloß die Tür und widmete sich wieder dem Gespräch.

Die Stimme sagte: »Ich denke, Sie sind da auf etwas gestoßen, Callahan. Wir wissen alles von Seattle. Sie bestätigten uns, daß drei Männer den Banküberfall gemacht haben und mit einem Wagen geflohen sind. Zwei waren in der Bank, und einer hat im Auto gewartet. Einer von ihnen war groß und breit in den Schultern. Er trug einen Filzhut und ein Freizeitjackett mit weißem Kragen, den er hochgeschlagen hatte. Das war wahrscheinlich Vanning alias Dilks. Wir überprüfen jetzt bei der Marine, wann er entlassen wurde. So wie es aussieht, hat Harrison als Kontaktmann in Denver gewartet. Es muß wohl einen Streit über den Anteil gegeben haben, und Vanning hat zur Waffe gegriffen, mehr können wir im Moment nicht sagen. Der Mann, von dem Sie uns erzählt haben, wenn der noch einmal anruft, versuchen Sie, ihn irgendwo zu treffen. Versuchen Sie, ihn festzunageln, und hören Sie, wenn Sie irgend etwas Neues erfahren, dann setzen Sie sich mit uns in Verbindung, ja?«

»Auf jeden Fall.«

»Und danke für den Tip.«

»Ich danke Ihnen«, erwiderte Vanning. »Ich glaube, wir haben da eine tolle Geschichte.«

»Glaube ich auch, wiederhören.« Die andere Seite legte auf.

Die Vermittlung forderte noch Geld, und Vanning bezahlte es. Er steckte sein Taschentuch wieder in die Tasche, und als er die Telefonzelle verließ, stürzte die Frau hinein, um seinen Platz einzunehmen. Vanning durchquerte den Drugstore, spitzte die Lippen, um ein Lied zu pfeifen, konnte aber die Töne nicht herausbekommen.

Wieder auf der Madison Avenue, winkte Vanning einem Taxi, stieg ein und ließ sich in die wie Leder aussehenden Polster fallen. Das Taxi begann in südlicher Richtung auf der Madison zu fahren.

»Wohin?«

»Fünfte Avenue, Ecke Achte Straße.«

»Haben Sie's eilig?«

»Nein«, antwortete Vanning. »Warum?«

»Ich frage nur.«

Vanning schloß seine Augen, ließ sich im Sitz zusammensinken und behielt diese Haltung für einige Sekunden bei, dann öffnete er langsam seine Augen und starrte auf den Hinterkopf des Fahrers. Vor der Windschutzscheibe des Taxis drängte sich dichter Verkehr, doch Vanning bemerkte ihn nicht. Er musterte den Kopf des Fahrers, der eine Tuchmütze trug. Der Fahrer hatte sich vor kurzem die Haare schneiden lassen, und der Friseur war entweder ein Neuling in dem Geschäft oder nicht besonders an seiner Arbeit interessiert, denn es war ein überaus schlechter Haarschnitt.

Das Taxi bog um eine Ecke, dann um eine weitere und kam auf die Fünfte Avenue.

Der Haarschnitt war schlecht, weil zuviel Haar abgeschnitten worden war, und anstatt stufig vom Haar zum ausrasierten Nacken überzugehen, hatte man es gerade abgeschnitten, so daß zwischen dem schwarzen Haar und der weißen Haut ein deutlicher Absatz war. Das war die eine Sache, die den Fahrer etwas seltsam erscheinen ließ. Die andere war die Art, wie er hinter dem Lenkrad saß. Er lehnte sich auf eine Seite, und es erweckte den Anschein, als ob er nicht auf den Verkehr achtete. Statt dessen schien er seine Aufmerksamkeit dem Innenspiegel zu widmen.

»Wo haben Sie diesen Haarschnitt verpaßt bekommen?« fragte Vanning.

»Was ist nicht in Ordnung damit?«

»Alles.«

»Ist doch egal«, entgegnete der Fahrer. »Wer sieht mich schon.«

»Ist Ihnen egal, wie Sie aussehen?«

»Alles, was mich interessiert, ist, das Haar im Sommer loszuwerden. Wenn die Männer ein bißchen Verstand hätten, dann würden sie sich den ganzen Kopf kahlscheren. Es gibt nichts Besseres, wenn Sie es ein bißchen kühl haben wollen.«

Das Taxi fuhr um eine weitere Kurve und bewegte sich jetzt in Richtung Sechster Avenue.

»Warum bleiben Sie nicht auf der Fünften?«

»Zuviel Verkehr.«

»Ich kenne New York«, bemerkte Vanning. »Auf der Sechsten ist genauso viel Verkehr, und es gibt genauso viele Ampeln.«

»Sollen wir es mit der Achten versuchen?«

»Das ist nicht meine Richtung.«

»Sie sagten, Sie hätten es nicht eilig.«

Vanning beugte sich vor. »Das habe ich gesagt, und das ist der Grund, warum ich mich wundere, daß wir nicht auf der Fünften bleiben.«

»Wollen Sie, daß ich das Taxameter ausstelle? Ich brauche das Geld nicht. Ich habe mein Auskommen.«

Das Taxi überquerte die Sechste Avenue, fuhr am Broadway vorbei in Richtung Achter.

»So ist es«, bemerkte der Fahrer. »Ich gewinne oder verliere nichts dabei. Ich habe es nicht nötig, Umwege zu fahren. Ich habe das noch nie gemacht, und mir gefällt es auch nicht, wenn man es mir vorwirft. Ich fahre jetzt schon seit fünfzehn Jahren Taxi und bin niemals einen Umweg gefahren. Ich kann es gerade leiden, wenn die Leute anfangen, mir zu erklären, wie ich Taxi zu fahren habe.«

»Was wollen Sie von mir, soll ich hier sitzen und mit Ihnen streiten?«

»Mir macht es Spaß, wenn die Leute glauben, sie tun mir einen Gefallen, wenn sie bei mir einsteigen. Ich habe mehr Geld auf der Bank als die meisten Leute, die mit mir fahren. Und Sie müssen mir auch kein Trinkgeld geben, wenn Sie nicht wollen. Ich erwarte kein Trinkgeld. Ich will nicht, daß irgend jemand glaubt, er tut mir einen Gefallen.«

»Nun sind wir schon über die Achte hinaus«, bemerkte Vanning. »Wenn das eine Stadtrundfahrt ist, warum fangen wir dann nicht an Grants Grab an?«

»Wollen Sie, daß ich anhalte?« fragte der Fahrer. »Sie können hier aussteigen, wenn Sie möchten.«

»Hört sich nach einer guten Idee an.«

»Wir werden direkt hier anhalten«, erklärte der Fahrer.

Das Taxi wurde langsamer und glitt auf den Bürgersteig zu. Der Fahrer drehte sich um und starrte auf Vanning, als dieser auf das Taxameter schaute. Der Fahrer blickte an Vanning vorbei. Vanning zog Geld aus seiner Tasche, und dann beobachtete er den Fahrer, dessen Augen auf das Rückfenster gerichtet blieben. »In Ordnung«, sagte Vanning. »Vergessen wir die Meckerei, und fahren Sie los.«

»Vielleicht steigen Sie besser hier aus.«

»Fahren Sie los«, forderte ihn Vanning auf.

»Es muß eine saubere Sache sein. Ich kann so etwas nicht machen, wenn es eine krumme Tour ist. Sie wissen, was ich meine.«

»Ich sagte, fahren Sie los.«

Das Taxi löste sich vom Bordstein und mußte an einer roten Ampel halten. Das Licht sprang um, und der Verkehr wurde dünner. Vanning verschränkte seine Arme und saß steif auf der Kante des Sitzes.

»Die Neunte Avenue hinunter?« wollte der Fahrer wissen.

»Versuchen Sie es mit der Zehnten.«

»Auf der Zehnten sind eine Menge Lastwagen.«

»In Ordnung, die Neunte. Geben Sie Gas.«

»Hören Sie, Mister …«

»Sie haben verstanden.«

Das Taxi preschte die Neunte Avenue entlang. Eine rote Ampel tauchte auf, das Taxi ignorierte sie und raste zur nächsten roten Ampel.

»Wenden Sie«, befahl Vanning. »Nach links.«

»Kann ich nicht. Es ist eine Einbahnstraße, wir würden den Verkehr blockieren.«

»Wenden Sie«, wiederholte Vanning.

Das Taxi setzte zum Abbiegen an, schleuderte bei dem Versuch, auf der Neunten Avenue zu bleiben, überfuhr die nächste rote Ampel, bog in eine Seitenstraße. Dann erklang die Pfeife eines Polizisten, doch das Taxi raste weiter.

»Zurück zur Fünften«, sagte Vanning. »Über die Fünfte, in Richtung des Flusses. Halten Sie auf keinen Fall an.«

»Das ist kein guter Einfall«, entgegnete der Fahrer. »Wir sind hier mitten in Manhattan, wir haben keinen Platz zum Fahren. Das nächste, was passiert, ist ein Zusammenstoß. Das ist sicher.«

»Drehen Sie sich nicht nach mir um, sondern behalten Sie Ihre Augen auf der Straße und fahren Sie weiter.«

»Wenn ich im dichten Verkehr anhalte, können Sie aussteigen und …«

»Zerbrechen Sie sich nicht meinen Kopf«, unterbrach ihn Vanning. »Steuern Sie einfach den Wagen, und sehen wir zu, daß wir etwas Nettes machen können.«

»Ich habe schon etwas Nettes gemacht, als ich Sie aufgelesen habe.«

»Fahr, Steuermann. Fahr einfach.«

Sie fuhren über die Sechste hinaus, dann über die Fünfte. Eine weitere rote Ampel kam, und sie überfuhren sie. Sie hingen hinter einem riesigen Lastwagen, der hielt an und wurde zu einer ausgedehnten, stumpfen, grünen Mauer vor ihnen.

»Auf den Bürgersteig«, rief Vanning.

Zwei Räder des Taxis sprangen auf den Bürgersteig und blieben dort, als der Wagen sich vorbeikämpfte. Ein Mann erschien vor dem Taxi, seine Augen weiteten sich, und er sprang auf die Mauer eines Gebäudes zu. Das Taxi kam wieder auf die Straße und überfuhr die rote Ampel der Einmündung zur Madison Avenue.

»Genau das brauchte ich«, sinnierte der Fahrer.

»Machen Sie sich keine Sorgen«, beruhigte ihn Vanning. »Alles wird in Ordnung kommen. Es läuft prima.«

»Ich bin froh, daß Sie das glauben. Da fühle ich mich gleich besser.«

Ein weiterer Lastwagen blockte sie auf der Lexington Avenue aus. Der Fahrer riß das Steuer herum, sie zwängten sich zwischen zwei andere Wagen, die zusammenstießen, und man hörte das Geräusch eines Unfalls. Vannings Taxi setzte seinen Weg fort, und in einiger Entfernung hörte man das Pfeifen eines Polizisten. Dann ein weiteres Pfeifen.

»Hören Sie das?« fragte der Fahrer.

»Ich höre es.«

»Aber das ist die Polizei.«

»Darum klingt es ja so schön.«

»Sie verstehen mich nicht, Mister. Ich sagte, dies ist die Polizei. Ich fahre, so gut ich kann, aber wir befinden uns in einer überfüllten Stadt, und hier gibt es zu viele Polizisten und zu wenig Platz. Sie werden dieses Taxi stellen.«

»Und den Wagen hinter uns.«

»Sie wissen, wer in dem Wagen hinter uns ist?«

»Natürlich«, antwortete Vanning. »Es ist eine grüne Limousine, nicht wahr?«

»Falsch«, entgegnete der Fahrer. »Drehen Sie sich um, und sehen Sie selbst nach.«

Vanning starrte auf den drittklassigen Haarschnitt des Fahrers. Dann drehte er sich ganz langsam um, blickte durch das Rückfenster und sah das andere Taxi. Es war ein ganzes Stück weiter hinten, und einige Autos befanden sich dazwischen, aber es erzwang seinen Weg zwischen ihnen hindurch und holte auf.

»Das Taxi?« fragte Vanning.

»Natürlich das Taxi. Ich dachte, das hätten Sie von Anfang an gewußt.«

»Wann fing es an?«

»Als Sie einstiegen. Als wir auf der Madison Avenue losfuhren. Ich sah einen Mann direkt auf das andere Taxi zulaufen. Das war der Grund für den Umweg. Ich wollte Ihnen helfen.«

Vanning schlug sich mit der Faust in die Hand. »Das ist John«, fluchte er. »Es muß John sein. Das ist das Ende. Sie werden mich schnappen, und sie werden John kriegen. Das ist die Festnahme. Die einzige Art, wie es enden konnte.« Er merkte, daß er hysterisch wurde, aber es gab nichts, was er dagegen tun konnte, und seine Stimme klang schräg, als er sagte: »Haben Sie mir zugehört?«

»Ich habe gehört, Mister, aber ich weiß nicht, wovon Sie reden.«

»Ich spreche von einem Bankräuber namens John.«

»In dem anderen Taxi?«

»Ja.«

»Nein«, widersprach der Fahrer. »Der Kerl in dem anderen Taxi ist kein Bankräuber. Ich weiß, was er ist.«

»Und was?«

»Polizeibeamter.«

Zuerst fiel der Groschen nicht. Es war zu abseitig. Zu hoch in den Wolken oder zu tief unter der Oberfläche verborgen. Vanning mußte seine Augen schließen, mit seinen Händen seine Lider reiben, sich in die Telefonzelle des Drugstores zurückversetzen und sich daran erinnern, wie lange er am Telefon geblieben war und mit Denver gesprochen hatte. Er mußte sich vor Augen führen, wie lange Denver brauchen würde, um die Polizei in Manhattan anzurufen, und wieviel Zeit das Hauptquartier in Manhattan benötigen würde, um einen Mann zu dem Drugstore zu schicken. Vanning rechnete das nach Minuten aus und schüttelte zuckend seinen Kopf. Er versuchte zu vergessen, daß er sich in einem dahinrasenden Taxi befand. Und plötzlich fiel in seinem Kopf der Groschen mit einem immensen Krachen. Es war zuviel für ihn.

»Bringen Sie mich zum Fluß«, wies er den Fahrer an. »Ich kann genauso gut gleich hineinspringen.«

»Machen Sie mich nicht verrückt«, entgegnete der Fahrer. »Hinter der Zweiten Avenue werde ich in eine Seitenstraße fahren, und da können Sie aussteigen. Wir sind ein ganzes Stück vor ihnen.«

»Woher wissen Sie, daß er ein Polizeibeamter ist?«

»Ich habe ihn schon einmal gesehen.«

»Sind Sie sicher?«

»Ich sage Ihnen, er ist ein Zivilbeamter. Ich habe ihn schon im Einsatz gesehen. Ich sollte mich um meine eigenen Angelegenheiten kümmern, aber Sie scheinen in Ordnung zu sein. Sie sehen aus wie einer, dem man eine Chance geben sollte.«

»Wo ist diese Seitenstraße?«

»Nicht mehr weit«, beruhigte ihn der Fahrer. »Von heute an«, erklärte der Fahrer, »hole ich mir meinen Nervenkitzel im Kino.«

»Fahren Sie«, sagte Vanning. »Ich bin unschuldig, glauben Sie mir …«

Die Zweite Avenue entlangrasend, stieß das Taxi fast mit einem Lastwagen zusammen, wich ihm aus, setzte sich vor den Lastwagen, überholte dann eine Schrottkiste und bog in eine breite Gasse ein. Auf der einen Seite zog sich über die ganze Länge ein Zaun entlang, und dahinter zeichnete sich die abweisende Linie einer Mauer ab, in der keine Fenster waren. Auf der anderen Seite war ein Lagerhaus, in dem Vanning Fenster und Türen erkannte, und einige der Türen standen offen. Er hatte seine Brieftasche herausgezogen und warf einen Zwanzigdollarschein in Richtung des Vordersitzes. Das Taxi hielt an.

»Fahren Sie weiter«, sagte er. »Fahren Sie die Straße hinunter, danach ist mir egal, was Sie tun.«

Er drückte den Türgriff, sprang aus dem Taxi, sprintete über die Straße und warf sich in den nächsten, offenen Eingang. Als Vanning das Gebäude betrat, konnte er das Geräusch von näher kommenden Sirenen hören.

Das Lagerhaus war groß, und in dem Bereich, in dem sich Vanning befand, war es doch ziemlich dunkel. Aufgrund der Dunkelheit kam er nur sehr langsam vorwärts. Männerstimmen drangen von irgendeinem Stockwerk über ihm zu ihm hinunter. Vanning stieß gegen einen Stapel aus Kisten und hielt sie schnell fest, als sie umfallen wollten. »Wieder mal wie Charlie Chaplin«, murmelte er. »Hör mit dem Komödienspielen auf.«

Doch Vanning hatte Schwierigkeiten, die Kisten wieder zurecht zu stellen, denn sie waren groß und begruben ihn fast unter sich. Ihm war bewußt, daß er grinste, und als er nicht aufhörte zu grinsen, bekam er etwas Angst. Zu einem Zeitpunkt wie diesem zu grinsen war völlig falsch, unverständlich. Und dieser Fehler paßte zu all den anderen Fehlentscheidungen, die er getroffen hatte. Der absurde Anruf in Denver. Er konnte nicht den wahren Grund nennen, warum er in Denver angerufen hatte. Vielleicht hatte er herausfinden wollen, wieviel sie wußten. Vielleicht wollte er ihnen einen Köder hinwerfen, in der Hoffnung, ein Geschäft machen zu können. Doch was für ein Geschäft er glaubte mit ihnen machen zu können, daran konnte er sich nicht erinnern. Irgendwo mußte ein Körnchen Logik darin liegen, aber jetzt, in dieser speziellen Situation, betrachtete er den Anruf als eine völlig blödsinnige Idee.

Und all die anderen blödsinnigen Dinge. Anzunehmen, daß der Wagen hinter dem Taxi die grüne Limousine mit John, Pete und Sam darin wäre. Er war so sicher gewesen, daß es ein grüner Wagen war, und hatte dabei vergessen, daß er die grüne Limousine für seine Fahrt aus den Vororten von Brooklyn benutzt hatte. Jetzt erinnerte er sich wieder an die Fahrt, aber nicht daran, welche Strecke er genommen hatte, er konnte sich nicht an den Ort, wo das Haus stand, in dem sie ihn bearbeitet hatten, erinnern. Nicht einmal die ungefähre Lage, und er konnte sich auch nicht erinnern, wo er die grüne Limousine geparkt hatte. Irgendwo in der Nähe der Untergrundbahnstation in der Canal Street, aber das half nichts. Es gab dort zu viele Straßen, zu viele Gassen in der Nähe der Canal Street U-Bahn. Die ganze Anhäufung von Fehlern paßte zu dem ersten, riesigen Fehler, die Sache mit der Tasche, und es brachte ihn keinen Schritt weiter, wenn er sich einredete, daß sein Bewußtsein getrübt war. Gedächtnisverlust würde vielleicht für einen Lacher im Gericht gut sein, aber ansonsten war es schlecht. All das war traurig, es war niederdrückend. Vanning zwang sich, von der negativen Einschätzung wegzukommen. Zuviel davon würde in lähmender Furcht enden, und wenn er jemals diesen Punkt erreichte, könnte er sich gleich einen Strick kaufen. Das Unglück war wie ein Strudel, und das einzige, was man dagegen machen konnte, war wegschwimmen, weiterschwimmen, ganz gleich, wie stark man nach unten gezogen wurde. Er war immer noch am Leben, war immer noch gesund, sein Verstand hatte zwar einige Male ausgesetzt, aber es war immer noch ein Verstand, und er funktionierte noch.

Er sagte sich, es gäbe keinen Übermenschen, selbst Babe Ruth, der Baseballspieler, hatte manchmal eine Niederlage einstecken müssen, selbst Hannibal mußte militärische Rückschläge hinnehmen, und sogar Einstein war einmal in Mathematik durchgefallen. Und dann konnte Vanning auf einmal die Sache von einer anderen Seite sehen.

Die Schwerkraft war eine mächtige Kraft, aber jemand hatte den Fallschirm erfunden. Ozeane waren unglaublich tief, und trotzdem hatte jemand ein Schiff gebaut, das hinabtauchen und wieder hochkommen konnte. Vanning nahm sich vor, etwas zu finden, das ihn von dem absteigenden Ast wieder nach oben brachte. Es wurde Zeit dafür. Er war weit genug unten, zu weit. Es war an der Zeit, nach oben zu klettern. Es war Zeit, mit dem blödsinnigen Grinsen aufzuhören und die Macht der bösartigen Kobolde abzuschütteln.

Er lief durch das Lagerhaus und fand eine Tür, die in die frische Luft und das Sonnenlicht führte. Einige Männer standen hier rum, ein paar davon ohne Jacken, andere trugen Overalls. Ein stämmiger Kerl mit einer Kappe rauchte eine Zigarre und erzählte laut und enthusiastisch von einem neuen Weltergewichtsboxer aus Minneapolis. Vanning ging auf die Gruppe zu, die ihm den Weg durch die Tür verstellte. Sie drehten sich um und beobachteten ihn, wie er sie anstarrte. Vanning schaute an ihnen vorbei, um anzudeuten, daß er die Lagerhalle verlassen wollte. Sie blockierten weiter die Tür und musterten ihn.

»Ich geh jetzt«, erklärte Vanning.

Der große Mann mit der Zigarre nahm sie aus den tabakbraunen Lippen. »Gehören Sie hierher?«

»Ich bin Inspektor der Stadt«, antwortete Vanning.

»Was inspizieren Sie?«

»Die Wasserleitungen.«

»Und wie sieht's aus?«

»Das Wasser fließt noch«, antwortete Vanning. »Das reicht.« Der große Mann gab Vanning den Weg frei, und Vanning ging durch die Tür. Die Entfernung zwischen sich und dem Lagerhaus vergrößernd, lief er in Richtung der Fünften Avenue. Auf der Fünften Avenue bewegte er sich schnell und suchte die Straße nach einem Taxi ab. Kaum mehr als zehn Minuten vergingen damit, dann hatte er eins, und eine gemächliche Fahrt in die Downtown begann. Er rauchte dabei ein paar Zigaretten, danach ein kurzer Weg über einen Teil des Washington Square, und schließlich war er in seiner Wohnung. Vanning zog seinen Mantel aus und setzte sich nahe an das Fenster. Eine Zeitlang saß er da und tat nichts. Die Hitze stieg von den Bürgersteigen des Village auf und legte sich auf ihn. Er zwang sich aus dem Stuhl hoch, ging in die Kochnische und öffnete den Kühlschrank. Mit den Flaschen und Eis hantierend, freute er sich auf seinen Drink und genoß den Gedanken, etwas Konstruktives zu tun. Er mixte ein Drittel Scotch mit zwei Drittel Soda, nahm eine anständige Portion Eis, brachte das Glas zurück zum Fenster, setzte sich wieder und ließ sich Zeit, den Drink zu genießen. Drei Drinks später befand er sich in einem ziemlich zufriedenen Zustand. Vanning schaute hinaus, wo der Himmel sich in Gelb und Rot hüllte, in strahlendem, wildem Glühen leuchtete, das dann den vergeblichen Versuch unternahm, die Dämmerung zu besiegen. Als die Dunkelheit hereingebrochen war, entschied sich Vanning, auszugehen und etwas zu essen.

In dem Wissen um die Tatsache, daß er noch ausgehen konnte, lag eine große Befriedigung. Dieser Teil der Situation war der beste, der Umstand, daß sie nicht wußten, wo er wohnte. Oder, um es anders auszudrücken, sie wußten nicht, wo er sich versteckte. Es war richtig, die Sache von dieser Seite zu betrachten, weil es einen großen Unterschied zwischen einem Heim und einem Versteck gab.

8

In der Wohnung der Frasers klingelte das Telefon. Sie rannte hin, und das erste, was er sagte, war ein großes Dankeschön, danke für alles.

»Geht's dir besser?« fragte sie.

»Ich bin wieder an seinen Fersen.«

»Das wußte ich«, erklärte sie. »Ich wußte es von dem Moment an, als ich deine Stimme hörte.«

»Ich wollte schon eher anrufen …«

»Natürlich …«

»Aber ich konnte nicht weg. Ich war hinter ihm her, seit er heute morgen nach Hause gekommen ist.«

»Du klingst so aufgeregt.«

»Dazu habe ich auch Grund«, entgegnete er. »Irgend etwas ist passiert, und es ist eine große Sache. Jetzt ist er zu Hause, und ich habe Gelegenheit, einmal Luft zu holen. Ich habe mich gerade mit dem Hauptquartier in Verbindung gesetzt, und die sagten mir, er hätte Denver angerufen. Ich wußte, daß er ein langes Telefonat geführt hat, aber ich konnte den Anruf ja nicht selbst verfolgen. Es gab zu viele Telefonzellen in dem Drugstore, einem ziemlich großen auf der Madison Avenue. Vanning hat Denver angerufen und behauptet, er sei ein Zeitungsmann. Er hat ihnen erzählt, was sie schon wußten. Denver wird nicht klug daraus und auch das Hauptquartier nicht, aber ich glaube, ich weiß, was los ist.«

»Meinst du, er denkt daran, sich zu stellen?«

»Noch nicht. Ich glaube, er versucht herauszufinden, wieviel wir wissen.«

»Würde das ein geschickter Verbrecher tun?«

»Nein«, antwortete Fraser. »Ein geschickter Verbrecher würde genau wissen, daß sie den Telefonanruf zurückverfolgen. Alles, was er heute getan hat, unterstützt meine Einschätzung des Falles. Als er den Drugstore verließ, bestieg er ein Taxi. Irgendwie bemerkte er, daß er verfolgt wurde, und schaffte es, mich abzuschütteln.«

»Wie hast du ihn wiedergefunden?«

»Er kam zurück in seine Wohnung. Da sitzt er nun, im Haus gegenüber. Ich beobachte den Vordereingang.«

»Er hat dich abgeschüttelt und ist dann nach Hause gegangen?«

»Genau.«

»Er muß verrückt sein.«

»Nicht verrückt«, widersprach Fraser. »Es ist einfach so, daß er sich nicht so wie ein Verbrecher verhält. Dieser Anruf in Denver zum Beispiel und dann die Erkenntnis, daß er verfolgt wird, schließlich, daß er in seine Wohnung zurückgekommen ist, anstatt die Stadt zu verlassen. Einer, der schuldig ist, würde nicht solche Sachen tun.«

Sie seufzte in den Hörer. »Ich glaube, ich bin schwer von Begriff. Ich verstehe das einfach nicht. Du behauptest, er ist ein Mörder, und gleichzeitig, daß er unschuldig ist.«

»Ich weiß, es klingt sehr verworren.«

»Warum nimmst du an, daß er in der Stadt bleibt?«

»Ich glaube, er will diese anderen Männer finden.«

»Warum?«

»Das weiß ich nicht«, antwortete Fraser. »Ich versuche, eine Antwort zu finden.«

»Was sagt das Hauptquartier dazu?«

»Sie wollen, daß ich ihn festnehme. Ich habe um noch etwas Zeit gebeten.«

»Wieviel?«

»Nicht viel«, entgegnete Fraser. »Achtundvierzig Stunden.«

»Hast du einen Plan?«

»In etwa.«

»Irgend etwas, an dem du ansetzen kannst?«

»Nur Vanning. Ich lege jetzt besser auf, denn ich fange schon wieder an, mir Sorgen zu machen. Vanning allein genügt nicht, ich brauche noch mehr. Es ist, als ob man in der Wüste auf Regen warten würde.«

»Vielleicht kannst du noch einmal mit ihm reden?«

»Wenn ich einen guten Grund finde.«

»Es sind aber nur achtundvierzig Stunden …«

»Erinnere mich nicht daran«, stöhnte er. »Jedesmal, wenn ich auf meine Uhr sehe, wird mir übel.«

»Hilft es dir, wenn du mit mir sprichst?«

»Viel.«

»Dann bleib am Apparat und sprich mit mir.«

»In Ordnung, Liebling.«

»Erzähl mir etwas.«

»Etwas, was du nicht schon weißt?«

»Alles, was du mir mitteilen willst.«

»Selbst wenn es unwichtig ist?«

»Selbst wenn es Blödsinn ist«, bestätigte sie.

»Das Hauptquartier hat mir etwas Lustiges mitgeteilt«, berichtete Fraser. »Ich sollte es überhaupt nicht erwähnen. Ich habe kein Recht, darüber nachzudenken, nicht an diesem Punkt, aber egal. Es hängt davon ab, ob du in der Stimmung für geschäftliche Angelegenheiten bist.«

»Ich bin in jeder Stimmung, in der du bist.«

»Ich weiß nicht, in welcher Stimmung ich bin, Schatz. Ich weiß nur, daß Geld zur Zeit eine Nebensache ist. Jetzt wünschte ich mir, ich hätte nichts gesagt.«

Sie lachte. »Du hast aber deinen großen Mund schon aufgemacht.«

»Wieviel haben wir auf der Bank?«

»Siebzehnhundert.«

»Das Hauptquartier hat ein Telegramm aus Seattle bekommen«, sagte Fraser und fühlte sich ziemlich billig, als er es sagte. Doch er dachte an seine Frau und die Kinder, an die Dinge, die er ihnen schenken wollte, und im Inneren wurde er von dem Verlangen zu reden getrieben, zu reden über alles, nur nicht über die großen Sorgen, die auf der Hand lagen, und er konnte genauso gut über diese Sache reden; zumindest war es etwas Greifbares und eine Grundlage für ein Gespräch, deshalb erzählte er: »Wenn ich

Vanning dazu bringe, zu sagen, wo das Geld ist, erhalte ich eine Belohnung von fünfzehntausend.«

»Fünfzehntausend?«

»Das ist ein Haufen Holz.«

»Fünfzehntausend.«

»Vergessen wir es.«

»Das ist bestimmt besser. Selbst wenn du ihn faßt, wird er nicht sagen, wo das Geld ist.«

»Es tut mir leid, daß ich es erwähnt habe.«

»Es braucht dir nicht leid zu tun«, beruhigte sie ihn.

»Vergessen wir es.«

»Natürlich.«

»Wie geht es den Kindern?«

»Gut.«

»Und dir?«

»Hm, ich bin …«

»Ich muß auflegen«, unterbrach Fraser seine Frau. »Er will weggehen, er kommt gerade aus dem Haus. Wir unterhalten uns später …«

Es klickte in der Leitung, und sie legte den Hörer auf. Sie wollte sich gerade eine Zigarette anzünden, aber plötzlich drangen aus dem anderen Raum Geräusche eines Tumults, und es hörte sich an, als ob sich die Kinder stritten. Sie legte die Zigarette weg und preßte ihre Lippen zusammen, als sie ging, um die Sache zu beenden. Als sie den Raum betrat, kam der Aufruhr zu einem sofortigen Ende, und alle drei sahen sie mit unschuldigen Gesichtern an. Sie versuchte, ernst auszusehen, aber bei solchen Gelegenheiten war sie nicht überzeugend, und auf einmal lachte sie leise, die Kinder begannen auch zu lachen, und sie eilte zu ihnen, zog sie an sich, umarmte und küßte sie und sagte: »Ihr kleinen Rabauken …«

9

Das Lokal war ein gut besuchtes Fischrestaurant, besonders bekannt wegen seiner Hummer. Vanning bestellte einen Teller Muschelsuppe und einen großen Hummer. Er aß langsam und genoß das teure, rosaweiße Fleisch, von dem die Butter tropfte. Dieser Hummer war Luxus. Er war eins der Dinge, die das Leben angenehm machten. Es gab eine Reihe von Dingen, die das Leben lebenswert machten. Kostspielige Dinge, teure, schillernde Dinge, schmackhafte Dinge und dann die unterschwellig angenehmen Dinge mehr allgemeiner Art, bestimmte Formen der Zufriedenheit, die man nicht in Worte fassen konnte. Vanning dachte eine Weile über diese Dinge nach, doch nicht lange: Der Hummer brachte ihn auf andere Gedanken, und er bemerkte, wie er in Bahnen des Luxus, in materiellen Kategorien dachte. Irgendwann drangen ein paar Farben in seine Gedankengänge. Da war ein tiefes Rosenrot vor einem sonnengebräunten Hintergrund. Da war ein glänzendes Gold. Es erschien ein Blau, ein tiefes, eindrucksvolles Blau, nicht hell, wasserfarben, sondern ein dunkles Blau. Und dann wieder die Sonnenbräune. Eine gesunde Sonnenbräune. Das Ganze konkretisierte sich und ergab das Bild von Martha.

Die Gedanken lösten Handlungen aus. Vannings Hand zuckte vom Tisch zurück und glitt in seine Manteltasche. Einen Moment lang glaubte er, es wäre nicht darin, und wenn es nicht in der Tasche war, dann war es nirgendwo. Dann stießen seine Finger darauf, er zog das gefaltete Stück Papier aus seiner Tasche, und es lag tatsächlich und deutlich in seiner Hand. Er faltete es auseinander, blickte auf den Namen, einfach Martha und die Adresse.

Natürlich war es eine falsche Adresse. Sie mußte falsch sein. Wenn sie geschickt genug war, ihn an der Nase herumzuführen, wie sie es getan hatte, war sie auch ganz bestimmt geschickt genug, ihm eine falsche Adresse zu geben. Er gratulierte sich zu diesem logischen Schluß. Und das war alles, was im Moment dabei herauskam, nicht mehr als eine logische Vermutung. Um den Beweis zu haben, mußte er die Adresse überprüfen.

Nun gut, angenommen, der logische Schluß war falsch und sie wohnte wirklich dort. Es würde ihm nichts nützen. Ganz bestimmt war nichts dabei zu gewinnen, oder vielleicht konnte er doch etwas gewinnen. Wenn er geschickt genug die Rolle des Fuchses spielte, dann konnte er vielleicht seinen Käse bekommen und ihn noch dazu essen. Das zusammengefaltete Stück Papier mit ihrer Adresse stellte eine potentielle Kontaktmöglichkeit mit John dar, ohne daß John Kontakt mit seinem Opfer aufnehmen konnte.

Das war ein nicht zu verachtender Aspekt, diese Kontaktmöglichkeit mit John. Es war auf den ersten Blick wichtig, aber noch wichtiger auf den zweiten. Im Moment verspürte er allerdings keine Lust, die Spur aufzunehmen. Die Möglichkeit, daß die Adresse echt war, hatte etwas Faszinierendes und Bohrendes an sich. Es war eine sehr unbestimmte Möglichkeit, aber sie bestand, und Vanning war sicher, daß heute nacht noch etwas passieren würde. Der Gejagte schickte sich an, auf die Jagd zu gehen.

Vanning hatte es nicht zu eilig. Er gönnte sich ein Stück Kirschtorte als Nachtisch, gefolgt von einem schwarzen Kaffee. Dann einen Brandy und noch einen und eine Zigarette. Als er das Restaurant verließ, war er satt und hatte einen angenehmen Geschmack im Mund, selbst wenn es eine weitere heiße, stickige Nacht zu werden versprach, war er in seinem Inneren doch kalt, ruhig und auf unbestimmbare Art selbstsicher.

Der Ort, den die Adresse angab, lag in der Barrow Street. Um dorthin zu gelangen, mußte er Christopher und

Sheridan Square überqueren, was ihn an der Bar, wo er sie getroffen hatte, vorbeiführte. Als er dort vorbeikam, breitete sich Kühnheit in ihm aus und das Verlangen, ein Risiko einzugehen. Er drehte sich um und grinste.

Vanning betrat die Bar, und fast augenblicklich erkannte er den dicken Biertrinker aus der vorherigen Nacht. Der Dicke saß genau an derselben Stelle der Bar, und wieder trank er Bier. Vanning ging hinein und gab dem Barkeeper ein Zeichen. Als der Barkeeper mit einer weißen Schürze sich näherte, um die Bestellung aufzunehmen, drehte sich der Dicke um und sah Vanning.

»Nun, was gibt es Neues?«

»Hallo«, begrüßte ihn Vanning und lächelte den Barkeeper an. »Einen Brandy und ein Wasser zum Nachspülen für mich; ein Bier für meinen Freund.«

Der Barkeeper nickte und ging davon.

»Eine weitere heiße Nacht«, stellte Vanning fest.

»Was führt Sie hierher?«

»Was führt irgend jemanden hierher?«

»Wir sprechen über Sie persönlich.«

»Ich suche sie«, erklärte Vanning.

»Das wußte ich.« Die Worte waren zwischen den Lippen hervorgepreßt worden.

»Ich hätte darauf wetten können. Es war eine von den Sachen, die einfach passieren mußten.«

»Sind Sie ganz sicher?«

»Völlig sicher«, bestätigte der dicke Mann mit einem Fingerschnippen.

»Sie lassen die Sache wie eine Rechenaufgabe erscheinen.«

»Und genau das ist sie. Zwei und zwei ergibt vier, und da gibt es nichts zu deuteln. Oder sollte ich vielleicht sagen, eins und eins macht zwei. Doch warten Sie …« Der Dicke blickte finster und fuhr mit einem seiner fetten Finger durch eine Bierpfütze auf dem Tresen. »Es gibt da ein Problem. Manchmal ergibt eins und eins keinesfalls zwei. Eins und eins macht eins. Verstehen Sie, worauf ich hinaus will?«

»Nee.«

»Sie werden sehen. Hören Sie mir einfach zu, ich garantiere Ihnen, es wird nicht lange dauern. Ich werde es einfach ausdrücken. So ungefähr: Sie und die Frau passen zueinander.«

»Machen Sie das oft?«

»Was?«

»Amor spielen?«

»Das ist das erste Mal. Normalerweise suche ich selbst eine Frau, aber das war letzte Nacht anders, es war eines dieser sensationellen Zusammentreffen. Eine klassische Situation, wenn ich je eine gesehen habe. Ich sagte mir, wenn ich hier hinausgehe, wette ich zehn zu eins, daß er sie ansieht. Kaum ein Risiko bei dieser Wette. Und ich sagte mir, ich wette fünf zu eins, daß er mit ihr spricht. Dann habe ich die Quote wieder erhöht. Zwanzig zu eins, daß sie ihm gefällt. Fünfzig zu eins, daß er ihr gefällt. Einhundert zu eins, daß sie die Bar zusammen verlassen.«

»Machen Sie weiter, Sie verdienen Geld dabei.«

Der Dicke verstand Vannings leichten Sarkasmus falsch und sagte: »In Ordnung, selbst wenn es nicht letzte Nacht passiert ist, es wird passieren. Sie und die Frau gehören zusammen. In jeder Beziehung. Mein Wort darauf, es wird passieren, das ist so sicher, wie ich lebe. Ich weiß es. Und das gibt mir ein gutes Gefühl. Ich weiß nicht, ob ich diese Gedanken verständlich machen kann, aber ich fühle mich großartig, wenn ich an Sie und die Frau denke. Sie in einem schwarzen Anzug, und die Frau in weißem Satin. Ich kann sie in weißem Satin vor mir stehen sehen. Großartig. Es gibt kein anderes Wort dafür. Und ich gehe noch weiter, ich kann mir Sie beide vorstellen, wie Sie in einem Zug zusammen sind, auf einem Schiff, auf der Uferpromenade in Atlantic City oder sonstwo. Ich gehe sogar noch weiter, weil es mir ein solches Vergnügen bereitet. Ich kann mir vorstellen, wie Ihre Kinder aussehen werden. Pausbäckige Kinder, alle blond und gesund, rosige Gesichter, so wie Ihr Gesicht, und blaue Augen und …«

»In Ordnung, das reicht.«

»Was ist los? Habe ich etwas Falsches gesagt?«

»Nichts. Das ist ja gerade der Punkt.« Vanning seufzte und schüttelte leicht seinen Kopf. »Verstehen Sie es nicht falsch, ich bin nicht verärgert. Sie sind ein netter Kerl, aber ich habe keine Lust, Ihnen weiter zuzuhören, und ich will Sie auch nicht länger sehen.«

»Gehen Sie nicht. Ich habe kaum mal jemanden, mit dem ich reden kann. Ich gebe Ihnen einen Drink aus und verspreche, daß ich meinen vorlauten Mund halte.«

»Tut mir leid«, sagte Vanning. »Vielen Dank, aber Sie sind ein so guter Freund, daß Sie mich traurig machen.«

Vanning ging hinaus, und alles war weg, das gute Gefühl von dem Hummeressen und dem Brandy und seinen praktischen Gedanken. An ihre Stelle war reichlich Verwirrung, vermischt mit Verzweiflung sowie etwas Einsamkeit und Bitterkeit und einem Schuß Hoffnungslosigkeit getreten.

Das Haus in der Barrow Street war ein dreistöckiges, weißes Backsteingebäude, äußerlich in gutem Zustand. Auf einer Tafel rechts neben der Eingangstür befand sich eine Liste der Mieter, wo jedem Namen ein Knopf zugeordnet war. Vanning riß ein Streichholz an und suchte nach einer Martha. Er las von oben nach unten an Mr. und Mrs. Kostowski, einem Mr. Olivet, einer Mrs. Hammersmith, einer Miß Silverman vorbei, und dann war da nur noch ein Name, der nicht der sein würde, den er suchte. Es war widersinnig zu glauben, sie wäre dumm genug gewesen, ihm die richtige Adresse zu geben. Er schaute auf den Namen und hielt das Streichholz näher an die Tafel. Da war es: Martha Gardner.

Ein Zeigefinger stieß auf den kleinen, schwarzen Knopf herab. Dann wartete Vanning. Der Finger drückte noch mal den Knopf. Vanning wartete weiter. Dann erklang der Türöffner. Vanning öffnete die Tür und kam in eine kleine, hübsch ausgelegte Halle. Wer immer sich um dieses Haus kümmerte, er tat es sehr gewissenhaft. Vanning stieg eine Treppe hinauf, die von einem Läufer aus dunkelgrünem Wollstoff bedeckt war. Die Wände waren weiß, ein richtiges Weiß, das sich mit der Stille, die in den geraden Fluren lag, vermischte. Es gab nicht viel Licht, gerade genug. Die Frau wohnte an einem Ort, wo die Leute ein offensichtlich stilles Leben führten.

Als er in den zweiten Stock kam, öffnete sich eine Tür. Das Licht vom Flur traf auf den Eingang, vermischte sich mit dem Licht, das aus dem Raum drang, fiel herab und umrahmte ihr Gesicht. Sie trug einen Bademantel aus gesteppten, blauem Satin. Vanning erwartete, daß sie zurück in den Raum trat und die Tür schloß. Und wenn sie das nicht täte, erwartete er, daß sie ihn anstarrte, nach Luft schnappte oder irgendeine andere Form der Überraschung zeigte. Sie tat nichts davon. Sie bemerkte nicht einmal sein zerschlagenes Gesicht. Es gab keine andere Reaktion, als auf ganz normale Art dazustehen und ihn anzusehen.

»Erinnern Sie sich?« begann Vanning. »Sie gaben mir Ihre Adresse.«

»Was wollen Sie?«

»Ich würde gerne ein paar Dinge klarstellen.«

»Ich denke nicht, daß das notwendig ist.«

»Eine Erklärung ist fällig.«

»Wirklich. Ich habe kein Interesse, mir eine Erklärung von Ihnen anzuhören.«

Vanning runzelte die Stirn, als er das hörte, und dachte stumm ein paar Momente darüber nach. Dann schenkte er ihr ein schwaches Lächeln und sagte: »Sie verstehen mich falsch. Sie schulden mir eine Erklärung.«

Jetzt war sie an der Reihe, die Stirn zu runzeln. Sie sah ihn an und sah ihn doch auch nicht an, sie schaute auf die letzte Nacht zurück. Er versuchte, ihre Gedanken zu lesen, gab es aber nach einigen sinnlosen Sekunden auf.

»In Ordnung, kommen Sie rein«, forderte sie ihn schließlich auf.

Es war eine kleine Wohnung, doch sie war sauber und ansprechend und paßte ganz zu dem übrigen Haus. Ein Wohnzimmer mit einer Liege, ein Badezimmer und eine Kochnische. Etwas in der Farbgebung und den Möbeln erweckte bei Vanning den Eindruck, daß sie die Wohnung selbst eingerichtet hatte. Die dominierenden Farben waren Blau und ein leuchtendes Orange. Das Blau erschien in verschiedenen Abstufungen, die von einer sehr hellen bis zu einer fast schwarzen Schattierung reichten. An den Wänden hingen einige passable Aquarelle und eine sehr interessante Gouachemalerei.

Er betrachtete das Gouachebild und hörte, wie sie die Tür hinter ihm schloß. Er überlegte sich, daß es idiotisch gewesen war, hierherzukommen. Nicht weit von ihm entfernt befand sich die Tür eines Wandschranks, und er war nicht gänzlich verrückt, als er die Möglichkeit in Erwägung zog, daß sich John vielleicht darin verbarg. Und trotzdem tat es ihm nicht leid, hergekommen zu sein. John oder nicht John, er war hier und war froh, hier zu sein.

Das Gouachebild war einfach, ruhig und wirkte entspannend. Es zeigte ein Fischerboot in einer Lagune mit einem Sonnenuntergang, der kaltes Blau und warmes Orange auf das Deck des Bootes fallen ließ. Das Orange setzte sich über das Deck auf das grüngraue Wasser fort.

»Von wem ist dieses Bild?« fragte Vanning.

»Benutzen Sie Ihren Kopf. Der Name steht unten auf dem Bild.«

»Fangen wir noch einmal von vorne an. Von wem haben Sie das Bild gekauft?«

»Es ist aus einem kleinen Kunstgeschäft auf der Dritten Straße.«

»Es ist eine interessante Arbeit.«

»Freut mich sehr, daß es Ihnen gefällt.«

»Lassen Sie den Sarkasmus«, sagte Vanning, immer noch das Bild betrachtend. »Er paßt nicht zu Ihnen.«

»Spielt das eine Rolle?«

»Ja«, entgegnete er, drehte sich um und sah sie an. Sie hatte ihre Arme verschränkt, als ob sie auf der Geschworenenbank sitzen würde. »Ja, eine größere Rolle, als Sie vielleicht annehmen. Ich will wissen, wie Sie an diese Männer gekommen sind. Ich will wissen, wie eine Frau wie Sie dazu kommt, bei einem so schmutzigen Spiel mitzumachen. Solche Geschichten wie die gestern nacht passen nicht zu Ihnen, und das wissen Sie so gut wie ich.«

»Sie sagen mir, das paßt nicht zu mir?«

»Das sage ich Ihnen.«

»Das ist sehr lustig«, stöhnte sie. »Den ganzen Tag habe ich mir eingeredet, daß ich nicht zu solchen Sachen passe.«

»Warum haben Sie es dann gemacht? Geld? Natürlich, was könnte es sonst sein? Es muß das Geld sein.«

»Führen Sie immer Selbstgespräche? Beantworten Sie immer ihre eigenen Fragen?«

Vanning gefiel nicht, was sie sagte, und es war ihm ganz egal, worauf diese Angelegenheit hinauslief, aber er mußte die Art, wie sie sich gab, bewundern. Die Art, wie ihre Stimme ruhig und aufrichtig blieb, die Art, wie sie dastand, ganz gerade und sicher auf ihren beiden Füßen, ohne viel Aufhebens zu machen.

»Warum haben Sie es gemacht?« fragte er. »Warum haben Sie für die Männer gearbeitet?«

»Ich habe nicht für sie gearbeitet. Aber nehmen wir einmal an, es war so. Würde das etwas ändern? Sie haben etwas Ungesetzliches getan, Sie waren auf der Flucht und kurz davor, geschnappt zu werden. Das ist alles, was ich weiß, und ich will auch nicht mehr wissen.«

»Sagen Sie, was soll das? Wollen Sie mit mir diskutieren?«

»Das würde ich nicht versuchen, dazu bin ich nicht gewandt genug, Jim.«

»Was ist?«

»Jim.«

»Danke, es ist nett, daß Sie sich erinnern.«

»Ich kann es nicht ändern. Erzählen Sie mir, Jim, was haben Sie getan? Wie kam es, daß Sie mit der Polizei zu tun haben?«

Er starrte sie an und studierte ihre Augen, als ob sie Rohdiamanten wären, die er bearbeiten sollte. Dann fragte er: »Sie dachten, diese Männer letzte Nacht wären von der Polizei?«

»Etwa nicht?«

Vanning stieß ein Lachen aus, und es wurde zu einem kompakten Knoten aus Geräuschen, der sich immer fester zusammenzog, bis er zu einem röchelnden Keuchen wurde. »Ich glaube, jetzt verstehe ich«, hustete er. »Sie glaubten wirklich, es war die Polizei. Das war der Grund, warum Sie so schnell verschwanden? Und die wußten, daß Sie sie für Polizisten hielten. Sie brachten Sie in die Rolle des Lockvogels, und so verschwanden sie noch schneller. Solange Sie glaubten, es wäre die Polizei, solange Sie mich für einen Verbrecher hielten, der verhaftet wurde, war Ihre einzige Sorge, aus der Sache herauszukommen und draußen zu bleiben. Das war geschickt gemacht, wenn man es von dieser Seite betrachtet. Es war dumm von mir, daß ich die ganze Sache nicht durchschaut habe. Und nun bin ich froh darüber, wie sich alles aufgeklärt hat.«

»Aber mir sagt das Ganze gar nichts. Es dreht sich alles im Kreis.«

»Niemand versteht das besser als ich.«

»Jim.« Sie kam auf ihn zu, kam nahe genug, um ihn zu berühren, und blieb dann stehen. »Wer sind die Männer? Was geht hier vor?«

»Warum sollte ich es dir erzählen?«

»Das kann ich nicht beantworten. Das kannst du dir nur selbst beantworten.«

Er trat von ihr weg und setzte sich auf die Liege. Sie ging hinüber und setzte sich neben ihn.

»Kann ich dir einen Drink machen?« fragte sie.

»Nein.«

»Eine Zigarette?«

»Nein.«

»Kann ich irgend etwas tun?«

»Setz dich hierher und höre zu.«

Sie setzte sich und hörte zu. Vanning sprach fast eine halbe Stunde. Als er fertig war, als es nichts mehr zu sagen gab, schauten sie sich in die Augen und atmeten in synchronen Atemzügen. Er versuchte, ein Lächeln zustande zu bringen, mußte sich anstrengen, aber sie half ihm dabei mit dem ihren. Dann stand sie auf.

»Bleib sitzen«, sagte sie. »Sehen wir mal, ob wir uns mit etwas Limonade erfrischen können.«

Vanning beobachtete, wie sie wegging und sich auf die Kochnische zubewegte, die ein kleiner, abgetrennter Raum war. Von da, wo er saß, konnte er sie in der Kochnische nicht sehen. Auf einmal gingen ihm alle möglichen Gedanken durch den Kopf, sie überschlugen sich, und er sagte sich, daß es jetzt keinen Unterschied mehr machte. Es spielte keine Rolle, was für Gedanken es waren oder zu welchem Ende sie führten, er konnte nichts damit anfangen. Das war gut so. Vanning war sogar ein bißchen froh, und er wollte nichts weiter, als hier sitzen und auf Martha warten, daß sie wiederkam.

Martha kam mit einem Tablett zurück, auf dem sich ein Krug mit Limonade, eine Schüssel mit Eiswürfeln und Gläser befanden. Ein Glas wurde mit Limonade gefüllt, und sie hielt es ihm hin. »Trink das«, forderte sie ihn auf.

»Das klingt, als ob ich krank wäre und du der Arzt.«

»Trink es.«

Eine Zeitlang machten die beiden nichts, außer Limonade zu trinken. Dann stellte Vanning das leere Glas ab, schaute Martha an und fragte: »Glaubst du, was ich dir erzählt habe?«

»Ja, Jim. Glaubst du mir, wenn ich ja sage?«

Er nickte.

Sie streichelte seinen Hinterkopf, als ob er ihr kleiner Sohn wäre. »Geh jetzt nach Hause. Geh an dein Zeichenbrett, und beende den Auftrag, von dem du mir erzählt hast. Mach alles fertig, und dann leg dich schlafen. Und lade mich bitte für morgen abend zum Essen ein.«

»Sieben Uhr?«

»Wo?«

»Ich hole dich hier ab. Gute Nacht, Martha.«

Vanning verließ das Zimmer, ohne sich umzusehen. Auf dem Weg in seine Wohnung zurück ging er schnell, denn er hatte es eilig, an sein Zeichenbrett zu kommen.

10

Fraser stand vor dem Problem, daß er sich zwischen zwei Möglichkeiten entscheiden mußte. Er befand sich vor dem weißen Wohnblock und beobachtete, wie Vanning davoneilte. Er hatte auf dem Weg von der Bar hierher etwas eher als zwanzig Meter Abstand zu Vanning gehalten und hatte dann auf der anderen Straßenseite gewartet, als Vanning das Haus betrat, und gehofft, daß ein Licht in einem der vorderen Fenster angehen würde. Als dem nicht so war, dachte er über die Möglichkeit nach, um das Gebäude herumzugehen und die hinteren Wohnungen in Augenschein zu nehmen. Irgendwie erschien ihm das als keine gute Idee. Er hatte das Gefühl, es würde nichts bringen.

Jetzt stand er da und schaute Vanning nach. Ihm blieb die Wahl, Vanning zu folgen oder die Wohnung in Augenschein zu nehmen. Fraser hatte sein eigenes System, Leuten Fragen zu stellen, so daß sie Antworten gaben, von denen sie glaubten, sie wären unbrauchbar, die Fraser aber weiterhalfen. Er hätte wahrscheinlich in der Wohnung etwas erfahren, und doch hatte er das Gefühl, daß es nicht viel wäre. Fraser entschloß sich, an Vanning zu bleiben. Er steckte sich eine Zigarette an und folgte seinem Verdächtigen zu dem Ort, wo dieser wohnte. Er sah, wie sein Mann das Gebäude betrat, dann überquerte Fraser die Straße, begab sich in das Zimmer, das er gemietet hatte, und setzte sich vor das dunkle Fenster, um abzuwarten.

Fraser sah, wie das Licht in Vannings Wohnung anging und wie dieser mit Vorbereitungen beschäftigt hin und her lief. Der Feldstecher holte die hellen Stellen und die Schatten heran. Vannings Augen waren deutlich zu erkennen, es waren die Augen eines Mannes, der verwirrt war, aber diese Verwirrung war gemischt mit einem seltsamen Ausdruck des Glücks. Heute nacht hatte sich Vanning verändert. Der Feldstecher holte es heran und ließ es deutlich werden, aber es war nur deutlich sichtbar, nicht verständlich. Aus irgendwelchen Gründen war Vanning hoffnungsvoll und vielleicht sogar ein bißchen froh. Fraser ließ seine Phantasie spielen, ließ sich von ihr treiben, bis er sich selbst zur Ordnung rief und sich sagte, daß die Phantasie kein Teil der nüchternen Überlegung war. Für die Kunst war das in Ordnung, aber das hier hatte mit Kunst nichts zu tun. Dies hier folgte den Gesetzen der Mathematik.

Der Feldstecher zeigte Vanning, der sich an sein Zeichenbrett setzte und mit einem weichen Bleistift hantierte. Vanning würde nie ein Matisse werden, er arbeitete viel zu exakt. Er behandelte die Sache mehr wie ein Ingenieur. Er benutzte ein Reißbrett und ein dickes Lineal. Vanning beugte sich über seine Zeichnung und studierte sie nach jedem Strich des Bleistifts genau. Es war interessant, ihm bei der Arbeit zuzusehen. Er hatte eine Zigarette brennen, und der Rauch stieg in einer geraden, starren blauen Säule auf, an seinem Kopf vorbei. Die Säule veränderte sich nicht, denn wenn die Zigarette einmal angezündet war, ließ er sie im Aschenbecher und kümmerte sich nicht mehr darum. Wenn sie abgebrannt war, steckte er sich eine neue an und verfuhr damit in derselben Weise.

Die Arbeit mit dem Bleistift war beendet, und Vanning begann damit, Plakatfarben zu mischen. Das dauerte eine ganze Zeit. Fraser saß da, seine Augen brannten hinter dem Feldstecher, und er sagte sich, daß man mit Dreihunderttausend ein gemachter Mann wäre. Jemand mit Dreihunderttausend müßte nicht die ganze Nacht am Reißbrett zwischen Plakatfarben sitzen und seinen Rücken über das Zeichenbrett beugen. Er hatte sich das schon viele Male gesagt, doch dieses Mal klang es wie ein endgültiges Urteil. Es gab noch einen anderen Hinweis, und der kam aus der Art, wie sich Vanning seiner Arbeit widmete. Die bedächtige, genaue Vorgehensweise, die Sorgfalt, mit der Vanning die Farben mischte, und die langsame, vorsichtige Art, wie er die Farben auf das rauhe Papier auftrug. Ein Ingenieur, sagte sich Fraser, ein nüchterner Rechner. Vielleicht fanatisch darauf bedacht, die Dinge gewissenhaft zu erledigen, seine Zeichnungen jedenfalls. Und die Möglichkeit, daß er andere Sachen in gleicher Weise anging, konnte nicht gänzlich außer acht gelassen werden. Fraser saß da und beobachtete Vanning. Je länger er dasaß, je länger er ihn beobachtete, desto subjektiver wurde sein Urteil. Je größer seine Subjektivität wurde, desto mehr zweifelte er. Es gab so viel, was er nicht wußte, zum Beispiel über Zoologie, selbst wenn er schon viele Bücher darüber gelesen hatte. Über Mineralien, obwohl er zweimal einen Kurs im Museum besucht hatte. Über Judo, ungeachtet dessen, daß er es von einem wirklichen Fachmann gelernt hatte. Und über Vanning, obwohl er sich einredete, er würde Vanning kennen.

Aber auch über Psychologie, Neurologie und die Art, wie die Menschen denken, handeln und reagieren. Die Bücher waren alles gute Bücher und repräsentierten eine Menge Gelehrsamkeit, Experimente und Ergebnisse, die auf jahrelanger Forschung basierten, doch der Bereich war immer noch nicht erschlossen. Es gab noch so viel Unbekanntes, selbst für die größten Spezialisten, und diese Fachleute waren Frasers Lehrer, und er war ihr Schüler. Wenn er jemand anders wäre, der Fraser prüfen müßte, würde er Fraser einen gewöhnlichen, anspruchslosen Geist nennen, aber er war nun halt Fraser. Und er nannte Fraser einen Dummkopf, weil Fraser sich als wandelndes Lehrbuch über Vanning ansah.

Es gab so vieles, was er nicht über Vanning wußte, so vieles, was man nicht über andere Menschen wußte. Gespräche wurden immer überschätzt. Der größte Teil in einem Gespräch war nur ein Vorhang, um zu verbergen, was in einem vorging. So viele Verrückte liefen herum und täuschten die Leute. Es wäre nicht lächerlich, die Möglichkeit in Betracht zu ziehen, daß Vanning ein Opfer des Irrsinns war, extrem darauf bedacht, es zu verbergen, im normalen Zustand ein braver Mann, aber wenn er womöglich unter dem Einfluß eines Leidens stand, ein Mörder und eine Gefahr. Denke darüber nach, überlegte sich Fraser.

Und ziehe auch die anderen Möglichkeiten in Erwägung, denn es gab viele davon. Der Gedankengang, den er eingeschlagen hatte, konnte auch der falsche sein. Es war, als ob er sich in einem Auto befände, und je weiter er fuhr, desto mehr machte er sich Sorgen, auf der falschen Straße zu sein. Doch wie jeder, der sich hinter dem Lenkrad befand, versuchte sich Fraser einzureden, er wäre auf dem richtigen Weg. Bei der Suche nach guten Gründen war ihm bewußt, daß er Gründe suchte, aber er konnte nichts daran ändern. Alles, wozu er in der Lage war, war, hier zu sitzen und zu grübeln.

Im Feldstecher sah Fraser Vanning mit den Malpinseln arbeiten. Das Innere des Feldstechers wurde zu einer kleinen, magnetischen Welt, und Fraser wurde zu einem magnetischen Objekt, das in sie hineingezogen wurde. Als er dort drinnen ankam, sprach er mit Vanning.

»Erzählen Sie mir von sich«, forderte er Vanning auf.

Vannings Lippen bewegten sich nicht, er war auf das Zeichenbrett konzentriert, doch irgendwie sagte er: »Ich bin ein Mann in großen Schwierigkeiten.«

»Das weiß ich«, erklärte Fraser. »Erzählen Sie mir davon.«

»Warum sollte ich? Würden Sie mir helfen?«

»Wenn ich überzeugt bin, daß Sie Hilfe verdienen.«

»Wie kann ich Sie überzeugen?«

»Erzählen Sie mir einfach die Wahrheit«, forderte Fraser ihn auf.

»Manchmal ist die Wahrheit eine seltsame Sache. Manchmal ist sie so verworren, daß man sich weigert, sie zu glauben.«

»Das Vordergründige an dieser Sache ist verworren, ich

würde mich nicht wundern, wenn das, was dahintersteht, genauso aussieht.«

»Ich glaube nicht, daß Sie dies würden«, widersprach Vanning. »Ich glaube nicht, daß irgend jemand das würde.«

»Versuchen Sie es mit mir.«

»Nein«, entgegnete Vanning. »Es tut mir leid, aber ich kann das Risiko nicht eingehen.«

»Wollen Sie aus diesem Schlamassel herauskommen?«

»Da herauszukommen bedeutet mir sehr viel. Am Leben zu bleiben bedeutet mir aber mehr.«

»Vertrauen Sie mir nicht?«

»Ich bin in einer Lage, in der ich niemandem vertrauen kann.«

»Ist das alles?« fragte Fraser.

»Ich denke schon. Es tut mir leid.«

Fraser war gerade dabei, eine weitere Frage zu stellen, aber genau in diesem Moment wurde die kleine Welt dunkel. Sie wurde zu einem schwarzen, bedeutungslosen Ding, bis er den Feldstecher von den Augen nahm und feststellte, daß er Vanning beobachtet hatte, wie dieser sein Zeichenbrett verlassen hatte, ins Bett gegangen war und das Licht ausgeschaltet hatte. Das Zimmer auf der gegenüberliegenden Straßenseite war dunkel, ein Raum voller Schlaf, und Fraser gefiel der Gedanke, selbst auch ein bißchen zu schlafen. Der Gedanke behagte ihm sogar sehr. Er lächelte wehmütig über diesen Gedanken, rückte seinen Stuhl näher an das Fenster, stützte einen Ellenbogen auf das Fensterbrett und saß mit halbgeöffneten Augen da.

11

Vanning hatte das Gefühl, daß in dieser Nacht der Schlaf leicht kommen würde. Als er schließlich kam, legte er sich wie ein Schleier über ihn. Vanning hüllte sich in ihn ein, versank in ihm, tiefer und tiefer, und fiel durch die endlosen Wogen tiefen Schlummers. Doch irgendwo dort unten veränderte sich die Strömung, beschrieb einen Bogen und brachte ihn wieder an die Oberfläche. Er versuchte, sich gegen die Strömung zu wehren, aber sie drückte ihn weiter nach oben. Als sie ihn auf der Oberfläche hatte, als seine Augen weit geöffnet waren und er auf die dunkle Zimmerdecke starrte, versuchte er, den Kreis zu vervollständigen und wieder hinabzutauchen. Doch es gelang ihm nicht, seine Augen zu schließen.

Das lag an seinen Sorgen. Es konnte nichts anderes als seine Sorgen sein. Er befand sich auf einmal wieder in Marthas Wohnung und sah sich, wie er mit ihr sprach, hörte die Antworten, die sie ihm gab. Und irgendwo dazwischen trieb ein beunruhigendes Element, und er fragte sich, was es war.

Unvermittelt sprang er aus dem Bett und schaltete das Licht an. Der Wecker auf dem Tudortisch zeigte Viertel nach drei. Vanning erinnerte sich, Marthas Wohnung gegen halb zehn verlassen zu haben. Er zählte an den Fingern ab, daß ungefähr sechs Stunden dazwischen lagen.

Das war eine lange Zeit, zu lange. Es war verlorene Zeit, und er mußte aufhören, solche Fehler zu machen, besonders Fehler, die Frauen betrafen. Er hatte diese Nacht mit nüchternen Überlegungen begonnen, das war gut gewesen, doch er hatte diese nüchterne Einstellung wegen eines Gefühls aufgegeben, und das war sehr schlecht. Martha hatte ihm nichts mitgeteilt, jedenfalls nichts, was ihm weiterhalf. Doch er hatte ihr viel erzählt, er hatte ihr alles erzählt. Wenn sie vorhatte, es zu benutzen, dann gab es keine Grenzen für das, was sie damit anfangen konnte, und sie konnte eine Menge in sechs Stunden machen.

Vanning nahm sich nicht die Zeit, seine Schnürsenkel zu binden. Auf der Treppe nach unten kam er einmal ins

Stolpern und bewahrte sich durch einen Griff nach dem Geländer vor einem Sturz. Am Anfang ging er lediglich schnell die Straße entlang, am Ende war fast ein Rennen daraus geworden. Als er vor dem weißen Backsteinhaus in der Barrow Street stand, keuchte er.

Der Klingelknopf neben Marthas Namen glänzte verführerisch, aber dann dachte Vanning an die Seitenstraße. Er ging in eine Nebenstraße, die im rechten Winkel von der Barrow wegführte, dann traf er auf eine weitere Seitenstraße, und das erste, was er in der Dunkelheit dieser Straße sah, war ein Licht in einem Fenster des zweiten Stockes eines Hauses, das zur Barrow Street hin stand.

Ohne die Häuser abzuzählen, wußte er, daß dies das betreffende Haus war. Als Vanning sich die Seitenstraße hinunterbewegte, dachte er zuerst an einen Hinterausgang und fragte sich, wie er die Tür aufbekommen könnte. Doch dann bemerkte er einen Vorgarten, einen von mehreren Vorgärten auf der anderen Straßenseite, und die Bäume, von denen einige ziemlich hoch waren Ein bestimmter wurde von dem Licht, das aus dem Fenster fiel, beleuchtet. Das Licht floß über die Äste und hinterließ silberne Flecken auf den schwarzen Blättern. Vanning ging zu dem Tor, das den Garten von der Straße trennte. Ein paar Augenblicke stand er davor, blickte zu den schimmernden Blättern auf und rieb sich die Hände. Dann stieg er schnell und leicht über das Tor und näherte sich dem Baum. Er schaute noch einmal nach oben, rieb sich die Hände und zog sich seinen Mantel aus. Die Sache war nicht einfach. Es war ein sehr großer Baum, groß in jeder Beziehung, besonders was den Umfang des Stammes betraf. An vielen Stellen war der Stamm zu glitschig, und er fühlte, wie er abrutschte, und die Anstrengung in seinen Beinen. Vanning sagte sich, daß er nicht so überhastet handeln dürfe. Er ruhte sich eine Weile aus, kletterte dann weiter, bekam einen Ast zu fassen, zog sich hoch, und nun konnte er zwischen den Ästen nach oben klettern, während ihm die Blätter ins Gesicht schlugen.

Ein paar dünne Äste bereiteten ihm Schwierigkeiten, und er mußte näher am Stamm bleiben, wo sie dicker waren. Ein Stück höher, noch ein Stück höher und noch ein Stück höher, dann drehte Vanning sich vorsichtig um und blickte auf das erleuchtete Fenster.

Er sah Martha in dem Raum. Sie trug nicht mehr den gesteppten, blauen Morgenmantel, jetzt hatte sie ein gelbes Kleid an, das mit Grün abgesetzt war. Eine Zigarette war zwischen ihren Lippen, und sie hielt ein Longdrinkglas in der Hand. Sie ging auf das Fenster zu und drehte sich um, so daß sie mit dem Rücken zum Fenster stand. Dann bewegte sie sich zur Seite, und Vanning konnte sie nicht mehr sehen. Es gab nur noch das erleuchtete Fenster und das leere Zimmer dahinter. Vanning wartete.

Ein Schatten fiel in das Licht. Vanning beugte sich vor und konnte Martha wieder sehen. Gegen das Fenster erkannte er ihre schwarze Silhouette im Profil. Sie lächelte, ihre Lippen bewegten sich, sie trank aus dem Longdrinkglas und nahm einen Zug an der Zigarette. Vannings Finger krallten sich in den Zweig, auf dem er sich befand. Er sah, wie sie mit der Zigarette gestikulierte, dann trat sie wieder von dem Fenster weg. Erneut wartete Vanning. Es dauerte Jahre, so schien ihm. Dann fiel der Schatten wieder in das Licht, und Martha tauchte wieder auf und lehnte sich gegen das Fensterbrett. Auf einmal legte sich ein anderer Schatten über Martha und blieb dort.

Danach erschien eine Hand, die ein Glas hielt. Die Hand eines Mannes, die aus dem Ärmel eines Männermantels ragte. Zwischen Martha und dieser Hand stieg Zigarettenrauch auf. Im Augenblick war keine Bewegung mehr festzustellen, nichts, nur ein erneutes Warten. Doch plötzlich eine schnelle Bewegung von Martha, als sie das Fenster verließ. Die anderen Dinge blieben, wo sie waren, die Hand des Mannes, das Glas und der Mantelärmel. Langsam bewegte sich der Ärmel in das beleuchtete Viereck, der Mantel folgte, dann eine Schulter und schließlich der Kopf, der sich langsam drehte und sein Profil zeigte. Und da war er.

John.

12

Das reichte. Darin lag Heimtücke und auch etwas Niederschmetterndes. Vanning begann hinunterzuklettern, er stieß ein paar Seufzer aus, schüttelte den Kopf einige Male, und als er auf dem Boden ankam, schlug er seine Fäuste gegeneinander. Er schüttelte noch mal seinen Kopf, und dann grinste er. Vanning war nicht wütend auf John, er war wütend auf keinen anderen außer auf sich selbst.

Vanning mußte der Sache sogar etwas Bewunderung zollen. Ein Teil davon fiel auf John, dafür, daß er die Sache von Beginn an eingefädelt hatte, aber mehr auf Martha, weil ihr Auftritt absolut perfekt war. Jede Bewegung, jedes Wort, die kleinste Geste hatte sie wie ein Hollywood-Star ausgeführt. Wenn das die Arbeit war, die ihr lag, dann leistete sie diese mit höchster Perfektion.

Als er die Straße hinunterging und versuchte, seine Arme in die Ärmel seines Mantels zu bekommen, war ihm klar, daß er krampfhaft nach einem Strohhalm suchte, um sich festzuhalten, aber das kümmerte ihn nicht. Vanning war zu müde, um sich jetzt noch aufzuregen. Er befand sich an dem Punkt, wo der gegnerische Stürmer schon an ihm vorbei war, obwohl er versucht hatte, ihn zu bremsen, allerdings vergeblich, und er konnte jetzt nichts anderes machen, als sich auf seinen Ellenbogen zurückzulegen und der Menge zuzuhören, die das Tor der anderen Mannschaft bejubelte.

Vanning lief die Seitenstraße entlang, bog um die Ecke und kam auf die Barrow Street. Er trottete die Barrow hinunter und lauschte auf das Geräusch seiner Schritte, die die schwarze Stille durchbrachen. Es schien, als ob seine Schritte ein Echo hätten und daß es neben dem Echo noch andere Geräusche gäbe. Dann vereinigte sich das Echo mit den Geräuschen, und es bewegte sich auf ihn zu, Vanning blieb abrupt stehen, wartete, und das Geräusch bestand jetzt nur noch aus Schritten hinter ihm, die näher kamen. Er stand da und wartete.

»So ist es gut«, hörte er eine Stimme. »Bleiben Sie dort stehen.«

Vanning drehte sich um und sah einen Mann. Es war ziemlich dunkel in der Gegend, und doch hatte er das Gefühl, den Mann schon einmal getroffen zu haben. Dann sah er die Pistole.

»Werde ich die brauchen?« fragte der Mann und deutete auf die Waffe in seiner Hand.

»Sie behalten sie besser im Anschlag.«

»Ich werde sie einstecken«, erklärte der andere. »Heben Sie Ihre Arme ein bißchen, damit ich Sie durchsuchen kann.«

Der Mann hatte die Waffe in seine Tasche gesteckt, als er auf Vanning zuging, und seine Hände tasteten Vanning bei der Durchsuchung schnell und routiniert ab. Danach trat er zurück und wartete, daß Vanning etwas unternehmen würde.

»Was wollen Sie?« fragte Vanning.

»Darüber bin ich mir noch nicht im klaren.«

»Entscheiden Sie sich, es ist schon sehr spät.«

»Gehen wir ein Stück«, forderte ihn der andere auf.

Sie liefen die Barrow Street hinunter und überquerten

den Sheridan Square. Es schien, als ob der Mann neben Vanning ging, doch in Wirklichkeit blieb er ein kleines Stück hinter ihm.

»Gehen wir in den Park«, schlug der Mann vor. »Ich will mich mit Ihnen unterhalten.«

»Warum die Pistole?«

»Raten Sie.«

»Polizei?«

»Sie haben es erfaßt.« Der Mann zeigte seine Marke.

»Da bin ich froh«, entgegnete Vanning. »Sie wissen nicht, wie froh ich bin. Nun habe ich nichts mehr damit zu tun, jetzt haben Sie die Probleme.«

»Ich heiße Fraser.«

»Wer will schon Ihren Namen wissen? Wer will wissen, wer Sie sind? Sie sind von der Polizei und führen mich ab. Warum belassen wir es nicht dabei?«

»Weil mehr an der Sache hängt als nur das.«

»In Ordnung, klären Sie mich auf, und dann werden wir den Fall lösen.«

»Wir gehen in den Park und reden dort weiter.«

»Sie sind der Arzt.«

»Nun, das ist komisch, daß Sie gerade das sagen. Ich wollte immer Arzt werden, vielleicht bin ich auf meine Art auch einer. Ich denke gerne, daß es mir möglich sei, den Menschen zu helfen, anstatt ihre Leben zu zerstören. Schließlich habe ich Psychologie studiert.«

»Schön für Sie.«

»Es wäre schön, wenn Sie mir helfen würden.«

»Bei Ihren Hausaufgaben.«

»Nennen wir es mal so.«

»Klären Sie mich auf, ja? Klären Sie mich einfach auf.«

»Wir gehen in den Park.«

»Ich bin müde«, bemerkte Vanning. »Sie können sich nicht vorstellen, wie müde ich bin. Ich bin froh, daß Sie mich schließlich doch geschnappt haben, und ich will, daß Sie mich einsperren.«

»Warum haben Sie es getan?«

»O nein«, stöhnte Vanning. »Fangen Sie jetzt nicht damit an. Ich werde später noch genug verhört werden.«

»Sie müssen einen Grund gehabt haben. Solche Dinge macht man nicht grundlos.«

»Lesen Sie morgen die Abendausgabe, und Sie werden darin alles darüber erfahren.«

Danach war der Kriminalbeamte still. Sie überquerten eine Straße, gingen einen weiteren Block hinunter und betraten den Washington Square Park. Sie liefen über den Rasen, kamen auf einen gepflasterten Weg, und dann deutete der Kriminalbeamte auf eine Bank.

Sie setzten sich, und Fraser zog ein Päckchen Zigaretten heraus. »Möchten Sie eine?«

»Ich tu alles, was Sie glücklich macht«, sagte Vanning und lächelte dann müde. »Nein, ich meine das nicht so. Sie erledigen nur Ihre Arbeit. Ich möchte eine Zigarette, danke.«

Der Polizist zündete ein Streichholz an, und Rauch tanzte zwischen ihm und Vanning hin und her.

Sie nahmen ein paar weitere Züge, stießen den Rauch aus und beobachteten, wie er nach oben stieg. Dann hob Fraser an: »Ich verfolge Sie schon eine ganze Weile.«

»Das brauchen Sie mir nicht zu sagen.«

»Sie haben es bemerkt?«

»Nein, Sie haben mich getäuscht, aber ich bin nicht überrascht. Ich hätte es mir denken können.«

»Natürlich«, entgegnete der Kriminalbeamte. »Die Art, wie Sie die Straße entlanggerannt sind. Ich konnte sogar sehen, daß Ihre Schnürsenkel offen waren.«

Vanning blickte finster auf den Rauch, der ein unheimliches Muster vor seinen Augen bildete. Ein Teil des

Rauches kam ihm ins Auge, und er blinzelte, ohne deshalb seinen finsteren Blick aufzugeben.

»In Ordnung«, setzte der Kriminalbeamte an. »Wie ist Ihr Name?«

»Van …«

»Wie bitte?«

»Van.«

»Van wie?«

»Van Johnson.«

»Seien Sie vernünftig.«

»Van Rayburn.«

»Van ist ein ungewöhnlicher Vorname.«

»Johnson paßt sehr gut dazu.«

Der Kriminalbeamte machte es sich so gemütlich, wie es auf der Parkbank möglich war, und nahm einen tiefen Zug aus der Zigarette. »Nun, sehen wir mal«, begann er. »Ich laufe um halb vier Uhr morgens die Straße entlang und entdecke einen Mann, der sehr schnell irgendwohin will. Er beeilt sich wirklich. Also sage ich mir, bleib ihm auf den Fersen und schau, was passiert. Ich sehe, wie der Mann die Barrow Street hinunterhetzt, sehe ihn in die Seitenstraße gehen und dann in die Parallelstraße. Ich beobachte, wie er auf einen Baum klettert. Zuerst denke ich, er hat zu viele Tarzanfilme gesehen, doch dann stelle ich fest, daß er sich auf der Höhe eines auf der anderen Seite gelegenen, erleuchteten Fensters befindet. Also nehme ich an, er ist ein Spanner, und ich nehme es immer noch an, wenn Sie nicht eine gute Erklärung dafür haben.«

Vanning starrte den Kriminalbeamten an.

»Und das ist alles?«

»Warum? Gibt es da noch etwas?«

»Nein«, antwortete Vanning.

»Erzählen Sie mir, Van. Was haben Sie für Probleme? Haben Sie kein Mädchen?«

»Ich hatte eins«, erklärte Vanning. »Zumindest glaubte ich, ich hätte eins. Bis vor einer kurzen Weile.«

»So liegt das also«, murmelte der Kriminalbeamte. »Erzählen Sie mir davon.«

»Ich war früher an diesem Abend bei ihr«, begann Vanning. »Ich warf ihr vor, daß sie es noch mit anderen triebe. Sie antwortete, daß es nicht wahr wäre. Ich ließ mir ihr Wort geben und ging nach Hause. Doch ich konnte nicht schlafen, ich mußte mir selbst Gewißheit verschaffen, ohne daß sie davon wußte. Das ist der Grund, warum ich auf den Baum kletterte.«

»Er war bei ihr, nicht wahr?«

»Was glauben Sie?«

»Ich glaube nicht, ich weiß es. Alles, was ich tun muß, ist, Ihnen genau ins Gesicht sehen. Sagen Sie, Van, womit verdienen Sie Ihren Lebensunterhalt?«

»Ich bin Grafiker.«

»In Ordnung«, erklärte der Kriminalbeamte und stand auf. »Das war's, Van. Gehen Sie nach Hause, und vergessen Sie das Mädchen. Wenn sie einmal lügt, wird sie es wieder tun. Wenn Sie wieder zu ihr gehen, dann verdienen Sie jeden Tritt in den Hintern, den Sie bekommen.«

Vanning kam von der Bank hoch und schaute den Kriminalbeamten an. »Sie lassen mich laufen?«

»Warum nicht? Sie haben nichts getan, als auf einen Baum zu klettern.«

Vanning drehte sich um und ging weg. Nach einer Weile war seine Kehle wie zugeschnürt, und er spürte in seinen Lungen einen Schmerz, als ob er ersticken würde. Er wunderte sich, wie es dazu kommen konnte, dann stellte er allmählich fest, daß er den Atem anhielt. Die verbrauchte Luft kam in einem heftigen Keuchen heraus. Er sog frische Luft ein und begann verzweifelt zu atmen, als ob er in einem Gefäß wäre, in dem nicht mehr viel Luft übrig war.

Die Straßen standen Spalier wie eine Ansammlung schwarzer Schatten, die lebten, sich aber nicht rührten. Sie lösten ein deutliches Unbehagen in ihm aus, und er beeilte sich, um in seine Wohnung zu kommen. Als er sie erreicht hatte, öffnete er die Tür mit einer heftigen, zuckenden Bewegung und schloß sie auf dieselbe Weise. Dann lehnte er sich gegen die Tür und musterte den Raum.

»Nun gut«, stellte er fest. »Wir sind immer noch frei.«

Vanning ging in das Badezimmer und spritzte sich kaltes Wasser ins Gesicht. Wie er sich so mit seinen Händen das Wasser ins Gesicht spritzte, hatte er das Gefühl, nicht soviel von dem kühlen Naß zu bekommen, wie er brauchte. Er drückte den Stöpsel in den Abfluß, ließ das Waschbecken vollaufen, tauchte seinen Kopf hinein und behielt ihn für einige Minuten dort. Als er ihn wieder hob, sah er sich im Spiegel und grinste sich an. »Sie haben nichts getan, als auf einen Baum zu klettern«, sagte er zu sich.

Das Gesicht im Spiegel grinste ein paar Sekunden lang zurück. Als es dann aufhörte, wurde es ausdruckslos.

»Kopf hoch«, sagte Vanning tonlos. »Es steht doch gar nicht so schlecht. Grinse mich noch mal an.«

Das Gesicht starrte ihn an.

»Was ist los?« fragte Vanning. »Heute nacht hast du eine echte Chance gehabt. Du solltest zufrieden sein. Du hast heute nacht Glück gehabt.«

Und tonlos antwortete das Gesicht: »Heute nacht war heute nacht, aber danach kommt morgen.«

»Hör auf mit dem Trübsinn, ja? Man sagt, morgen ist weit.«

»Du bist ganz naß.«

»Nein, du bist naß«, entgegnete Vanning. »Tropfnaß. Du stimmst mich traurig, Kumpel, manchmal machst du mich sogar krank. Warum gehst du nicht schlafen?«

»Ich werde es versuchen.«

»Mach dir keine Sorgen. Du wirst schlafen.«

»Das hoffe ich.«

»Natürlich wirst du schlafen. Alles, was du tun mußt, ist deine Augen schließen und an nichts denken.«

»Es hört sich einfach an, aber manchmal dringen die Gedanken wie stickige Luft durch ein offenes Fenster in den Kopf ein. Man kann sie nicht ausschließen. Je mehr man es versucht, desto schneller kommen sie herein. Du hast eine Verabredung mit ihr morgen abend um sieben. Verstehst du? Da hast du dein Morgen. Du solltest darüber nachdenken. Du solltest über John nachdenken. Du solltest über Denver nachdenken. Wie war der Name noch mal? Harrison, nicht wahr? Du hast Harrison ermordet. Mal sehen, ob du es vergessen kannst. Du hast ihn umgebracht, daran gibt es nichts zu rütteln, und sie wissen, daß du es warst. Und wenn du schon einmal dabei bist, kannst du auch gleich über Seattle nachdenken, und an diesem Punkt kommen die Dreihunderttausend ins Spiel, was uns zu der Tasche führt. Jetzt kommst du in Fahrt. Du wunderst dich wieder, wunderst dich, wie du dich schon tausendmal vorher gewundert hast. Du fragst dich, warum dich John in dem Hotelzimmer gelassen hat, dich allein gelassen hat mit der Tasche und der Waffe, und irgendwo liegt ein Körnchen einer Erklärung, vielleicht auch nur der Teil eines Körnchens. Vielleicht, wenn du das findest, dann kannst du eine Tür öffnen, dann hast du etwas, was einem Anwalt weiterhilft, dann hast du etwas für deine Verteidigung. Versuche, es zu finden, versuche dich an die ganze Geschichte zu erinnern. Irgendwo muß die Antwort liegen. Siehst du, wie es ist? Wie kannst du diese Dinge aus deinem Gehirn verbannen? Wo hast du diese Tasche verloren? Wie bist du in der Lage zu schlafen?«

»Wenn ich nur jemanden hätte, mit dem ich reden kann.«

»Mich.«

»Dich? Daß ich nicht lache. Du hilfst mir wie Jod bei einem Sonnenbrand.«

Später, als er seinen Kopf auf das Kissen legte, fühlte es sich wie ein Fels an. Er versuchte, es hinzunehmen, aber nach einer Weile wurde es unerträglich, er setzte sich auf und schaltete die Nachttischlampe an. Vanning nahm sich eine Zigarette.

In dem Aschenbecher neben dem Bett bildeten die Kippen eine Familie, die während der Nacht immer größer wurde.

13

Für jemanden, der ein normales Leben führte, wäre es ein angenehmer Tag gewesen. Das Wetter war schön, die Sonne schien hell, und vom Ozean her kam eine frische Brise, die Manhattan etwas Erleichterung von der Hitze verschaffte. Nach einem guten Frühstück unternahm Vanning eine angenehme Busfahrt in die Uptown. Die Fünfte Avenue machte einen belebten und zufriedenen Eindruck, vielleicht ein bißchen snobistisch, aber das konnte sich die Fünfte Avenue erlauben.

In der Werbeagentur zeigte sich der Art-Direktor von der Arbeit Vannings angetan und gab ihm einen neuen Auftrag. Das war gut. Der Abgabetermin war reichlich bemessen, und dies war noch besser. Auch das Mittagessen war zufriedenstellend. In den Galerien der Fünften Avenue konnte man ein paar überaus interessante Arbeiten von neuen Künstlern sehen, und so verging der Rest des Nachmittags sanft mit gerade der richtigen Geschwindigkeit. In einer der größeren Galerien der Fünften Avenue wurde Vanning in ein Gespräch mit einem der erfolgreicheren surrealistischen Maler verwickelt, und die beiden gingen von Ölgemälde zu Ölgemälde. Sie diskutierten die Bedeutung der Schattengebung innerhalb des Surrealismus, die Wirkung der Farbe auf die Schatten, den Einfluß der Schatten auf die Farbe und die Bedeutung von Schatten und Farbe überhaupt. Das Ganze entwickelte sich zu einer von jenen Unterhaltungen, die problemlos jahrelang andauern konnten. Der surrealistische Maler war mehr als interessiert an Vannings Meinung, und die Sache führte zu einer Einladung zum Abendessen. Höflich ablehnend sagte Vanning, daß er heute bereits eine Verabredung zum Abendessen hätte.

»Oh, das tut mir leid.«

»Mir auch.«

»Vielleicht können Sie absagen.«

»Ich könnte das, aber ich denke nicht, daß ich das will.«

»Was Geschäftliches?«

»In gewisser Weise. Vielleicht ein anderes Mal?«

»Auf jeden Fall«, entgegnete der Maler. »Ich werde bis Ende August, wenn die Ausstellung schließt, jeden Tag hier sein. Gefallen Ihnen meine Bilder?«

»Sehr. Sie haben eine Aussage und sind technisch gut ausgeführt. Sehr gut. Sie werden weiterkommen; da bin ich sicher.«

»Das zu hören macht mich sehr froh. Ich werde meiner Frau von Ihnen erzählen. Sie reden nicht wie die üblichen Kunstkenner. Ihr Urteil ist sehr fair, objektiv und abgewogen. Ich erzähle meiner Frau normalerweise nicht, was über meine Bilder gesagt wird. Um ehrlich zu sein, ich erzähle meiner Frau nur, was mich wirklich tief beeindruckt. Sie sehen, ich fühle sehr intensiv für meine Frau, wir sind jetzt schon sechzehn Jahre verheiratet.«

Vanning starrte auf eine Öffnung in der Wand über dem obersten Bild. »Warum haben es die Leute auf mich abgesehen?«

»Wie bitte?«

Vanning starrte weiter auf die Wand. »Warum mußten Sie das erwähnen?«

»Entschuldigung, ich verstehe Sie nicht.«

»Vergessen Sie es. Ich habe nichts gesagt. Manchmal passiert mir so etwas. Kümmern Sie sich nicht darum. Geben Sie mir die Hand. Ich hoffe, daß Sie und Ihre Frau immer glücklich sein werden. Es gibt nichts, das so schön ist, wie eine Frau zu haben und in sie verliebt zu sein. Stimmt's?«

Der erstaunte Ausdruck in dem Gesicht des Malers wich einem strahlenden Lächeln, und als er Vanning die Hand schüttelte, sagte er: »Meine Frau bedeutet mir alles, sogar mehr als die Malerei. Das ist der Grund, warum ich wahrscheinlich nie ein großer Künstler werde. Aber es spielt keine Rolle. Erfolg in der Liebe bedeutet Erfolg im Leben. Sind Sie verheiratet?«

Vanning nickte und antwortete: »Es ist keine glückliche Ehe. Ich vertraue meiner Frau nicht und sollte sie eigentlich verlassen. Ich weiß, daß sie nicht gut für mich ist. Das ist die praktische Seite der Sache. Die andere ist zu hoch für mich.«

»Geben Sie ihr eine Chance. Sie ist nur ein Mensch und wahrscheinlich noch jung. Man kann Sie noch beeinflussen. Hören Sie auf mich, denn ich bin viel älter als Sie. Am Anfang, in Paris, hatte ich sehr viel Ärger mit meiner Frau. Sie war ein kleines Teufelsweib. Wissen Sie, was ich einmal gemacht habe? Ich trat in den Hungerstreik. Nach zwei Tagen fiel sie auf die Knie und weinte wie ein kleines Kind. Ich sagte ihr, ich würde wieder essen, wenn sie ein Essen kochte, wie ich es haben wollte. Sie bereitete ein Festessen zu. Wir aßen gemeinsam, wurden betrunken und lachten uns tot. So ist das Leben, so ist die Liebe.«

»Das hat etwas für sich.«

»Kämpfen Sie mit ihr, machen Sie sich bemerkbar.

Verschaffen Sie ihr Aufregung, bringen Sie etwas Farbe ins Leben, und schaffen Sie sich Kinder an. Meine Frau und ich, wir haben drei Mädchen und einen kleinen Jungen. Jeden Abend, wenn ich nach Hause komme, ist etwas los, ein turbulentes Durcheinander, eine komische Oper direkt in dem kleinen Haus, in dem ich wohne. Da herrscht soviel Geschrei. Es ist einfach wunderbar.«

»Darauf wette ich«, gab Vanning zu und lächelte. Er schlug dem Maler auf die Schulter und verließ die Galerie. Auf der Straße in südlicher Richtung die Lexington entlanggehend, lächelte er immer noch; doch sehr langsam erschien ein Stirnrunzeln in seinem Gesicht, und er lächelte und runzelte die Stirn gleichzeitig. Es war offensichtlich, daß er ein Mann war, tief in Gedanken versunken, der über das, worüber er nachdachte, amüsiert und verwundert war. Als das Lächeln verblaßte und nur der finstere Blick zurückblieb, merkte man, daß Vanning jemand war, der eine Entscheidung in einer Sache getroffen hatte.

Eine Stunde verblieb, die herumgebracht werden mußte. Vanning ging spazieren, betrachtete einige Schaufenster, lief weiter und betrat einen Herrenausstatter, wo er ein paar Hemden, einige Krawatten und Socken kaufte. Er verschwendete sein Geld für einen brokatbesetzten Bademantel. Geld auf diese Weise für sich selbst auszugeben brachte ihn auf einen Gedanken, und etwas später kaufte er eine Fünf-Pfund-Schachtel Pralinen und eine große Flasche teuren Parfums. Dann ging er nach Hause, duschte und rasierte sich, zog eines der neuen Hemden an, stellte sich vor den Spiegel und probierte seine neuen Krawatten aus.

Ein paar Minuten vor sieben Uhr ging er die Barrow Street entlang.

Wieder war die Tür offen, als er den Treppenabsatz im zweiten Stock erreichte. Martha war schon fertig und lächelte.

Sie trat einen Schritt auf ihn zu. »Meine Güte, du siehst aber gut aus.«

»Ich habe dir ein paar Kleinigkeiten mitgebracht.« Er hielt ihr die hübsch verpackten Päckchen hin.

»Für mich?« Sie nahm die Päckchen und sah sie an.

»Ich wollte eigentlich einen Pelz kaufen, aber ich wußte nicht, was dir gefällt.«

Sie reagierte nicht auf diese Bemerkung, und er beschloß, nicht weiter darauf einzugehen. Sie betraten die Wohnung, und Martha öffnete die Päckchen. Die große Pralinenschachtel löste ein erfreutes Murmeln aus. Die verzierte Parfumflasche ließ sie zurückzucken, und ihre Augen weiteten sich. Vanning beobachtete sie wie durch ein Mikroskop.

Auf das Parfum deutend, sagte sie: »Das hättest du nicht machen sollen.«

»Warum nicht?«

»Das ist sehr teuer.«

»Glaubst du, daß ich es mir nicht leisten kann?«

Ihr Blick war auf das Parfum geheftet. »Das ist verdammt teuer gewesen.«

Vanning entgegnete nichts und steckte sich eine Zigarette an. Die Sache entwickelte sich so, wie er es erwartet hatte. Die Geschenke sorgten dafür, daß Geld erwähnt wurde, und das Geld war ein möglicher Weg zu der Tasche. Es lag an ihr, ihn auf den entsprechenden Weg zu führen. Vanning wartete ab und nahm sich vor, diesen Weg mit extremer Vorsicht zu beschreiten. Der Typ von Mensch, mit dem er es hier zu tun hatte, war der gefährlichste und geschickteste von allen. Nach außen spielte sie die sanfte Unschuld, stellte eine aufrichtige Ehrlichkeit zur Schau, aber hinter der Maske verbarg sich eine Schachspielerin, die faszinierende Dinge ohne Brett und Figuren bewerkstelligen konnte.

»Wirklich«, sagte sie, »du hättest nicht soviel Geld ausgeben sollen.«

»Es war vergleichsweise gar nicht so viel.«

»Im Vergleich mit was?«

Vanning beobachtete die Art, wie sie ihn ansah. »Im Vergleich«, sagte er, »zu dem, was ich habe.«

»Ich glaubte nicht, daß du viel hättest.«

»Das hängt davon ab, was du als viel bezeichnest.«

Martha lachte. »Vielleicht hast du mir doch nicht alles über dich erzählt.«

»Was zum Beispiel nicht?«

»Vielleicht hast du dein Glück gemacht?«

»Das wäre möglich.«

»Soll ich noch einmal raten?«

»Ja«, forderte Vanning sie auf. »Mach noch einen Versuch.«

Sie standen sich gegenüber, und es war, als ob sie durch Schwertklingen voneinander getrennt wären. Vanning versuchte, seine Gedanken abzuschütteln, seinen Plan zu vergessen und hinter ihre Gedanken zu kommen, damit er herausfände, wie weit sie ihm voraus war. Selbst in dieser kurzen Zeit hatte sie schon die Führung übernommen. Sie war ihm voraus, ihr Vorsprung war gleichbleibend, und sie war ganz entspannt, ihre Selbstsicherheit war bedrohlich, und ihre ruhige Überlegenheit erreichte fast die Art, wie eine Katze mit einer Maus spielt.

»Vielleicht«, überlegte sie, »hast du mich die ganze Zeit hinters Licht geführt, und die ganze Sache ist eine Art Spaß. In Wirklichkeit bist du einer von diesen jungen Börsenzauberern aus der Wall Street.«

»Versuch es noch einmal.«

»Du hast dein Glück beim Kartenspiel gemacht.«

»Sehe ich so aus, als ob ich gut pokern könnte?«

»Du bist gerade deshalb so clever, weil du es fertigbringst, nicht clever zu erscheinen. Oder vielleicht ist gerissen das bessere Wort. Die gerissensten Leute erwecken bei anderen den Eindruck, genau das Gegenteil zu sein.«

»Das ist scharf beobachtet«, bemerkte Vanning. »Ich werde mir das ins Gebetbuch schreiben.«

»Mach das. Du wirst feststellen, daß das manchmal recht nützlich ist.«

»Du hast immer noch eine Chance.«

»Vorher muß ich etwas essen«, entgegnete Martha. »Mit vollem Magen kann ich besser denken.«

Sie gingen los und fanden ein Restaurant. Es war eines dieser Lokale, in denen sich die Leute auf das Essen konzentrierten, und jede der Nischen mit Tischen stellte ein gewisses Maß an Privatsphäre her. Die Privatsphäre wurde dabei betont, doch mehr auf rein zufällige Art. Während sie auf ihre Bestellung warteten, wurde ihre Stimmung von dem Ort beeinflußt, und ihr Gespräch wurde zu einer lustigen, leichten Unterhaltung, die mit einem Lachen da und dort durchsetzt war. Martha hatte einen angenehmen Sinn für Humor, der in faszinierender Art zwischen Trocken und Derb pendelte. Eine ganze Zeitlang erfreute sich Vanning an ihrer Gegenwart, und die Sorgen und Gefahren waren vergessen. Martha begann, ihm von lustigen Zwischenfällen in der Glaswarenabteilung zu erzählen, und ihre Darstellung der unterschiedlichen Kunden war unzweifelhaft eine Meisterleistung. Manchmal brach Vanning in lautes Lachen aus, dann wieder lächelte und nickte er anerkennend, wenn sie eine perfekte Pantomime eines unentschlossenen Käufers lieferte.

Als die Steaks gebracht wurden, hörten sie mit dem Herumalbern auf. Es war eine phantastische Mahlzeit, und sie widmeten den Steaks ihre ungeteilte Aufmerksamkeit.

Später, als sie an ihren Gläsern mit Brandy nippten, schauten sie sich an.

»Du hast immer noch einmal Raten frei«, bemerkte Vanning.

»O ja, das habe ich vergessen.«

»Ich nicht.«

»Versuchst du herauszufinden, wie intelligent ich bin?«

»Ich weiß schon, wie intelligent du bist«, entgegnete Vanning. »Nun will ich sehen, wie gut du im Raten bist.«

»Nehmen wir einmal an, ich rate nicht?«

»Wenn es nicht Raten ist, dann ist es Überlegung. Wenn es nicht Überlegung ist, dann ist es Gedankenlesen, und ich werde dir einen Job in einem Varieté besorgen. Nun laß hören, jetzt kommt der große Moment.«

Vanning grinste sie an, aber Martha gab das Grinsen nicht zurück. Eine befremdende Stille wurde zu einer Blase mitten auf dem Tisch, die immer größer wurde, und er blickte durch diese Blase. Er sah ihr Gesicht und nichts sonst. Es jagte ihm Furcht ein, und er wußte nicht, warum. Es gab keinen Grund zur Furcht, denn in der Situation lag keine Gefahr. Doch er hatte große Furcht, und langsam, während er dasaß, Martha beobachtend, bemerkte er, daß es nicht Martha war, die er fürchtete. Es war auch nicht John oder die Polizei, es war er selbst.

Ganz plötzlich platzte etwas in seinem Gehirn, und dieser Ort, Martha, der Tisch, der Brandy, alles wurde zu einem Teil schrecklicher Realität. Schrecklich nur deshalb, weil es real war, so sehr real, daß er sich weigerte, hineingezogen zu werden. Vanning liebte Martha.

Das war nicht vernünftig, das war unmöglich, und trotzdem war es so. Die Anziehung, das Gefühl, war jenseits des Meßbaren, jenseits der Grenzen des Verstehens. Die Sache selbst war klar und deutlich, doch die Gründe dafür waren unbestimmt und weit weg, und Vanning verspürte kein Verlangen, sie zu finden. Es gab eine unheimliche Beziehung zwischen dieser Sache und etwas anderem, das ihm widerfahren war, aber im Moment konnte er sich nicht erinnern, worin dieses andere bestand. Vannings Verstand war zu sehr damit beschäftigt, die Tatsache, die entsetzliche Wahrheit, zu akzeptieren, daß er sich in eine Frau verliebt hatte. Ketten aus einem glühenden, unzerstörbaren Metall waren schon um ihn geschlungen und hielten ihn sicher fest. Doch auch darin lag ein schrecklicher Widerspruch, er fühlte nicht den geringsten Wunsch, sich zu befreien. Es spielte keine Rolle, wer Martha war, was sie getan hatte oder was sie jetzt tat, egal was für Leid der Teil von Martha, den sie versteckte, für ihn bereit hielt, Vanning liebte diese Martha, die er jetzt vor sich sah.

Die Geschichte nahm riesige Formen an, größere als das Leben selbst. Doch wie groß sie auch waren, es gab noch etwas Größeres. Und Vanning wußte auch, was das war, doch aufgrund seiner neuen Art, die Dinge zu sehen, kam es zu keiner Explosion, sondern die Erkenntnis erreichte ihn auf sanfte Weise. Er war sicher, daß auch Martha ihn liebte. »Ich höre«, sagte Vanning.

»Ich denke nach.«

»Denke gut nach.«

»Wenn ich gut nachdenke«, bemerkte sie, »wird es auch nicht in Ordnung sein. Dann werde ich alles ruinieren.«

»Ich bin bereit, das Risiko einzugehen.«

»Vielleicht liegt das daran, daß du nicht viel zu verlieren hast.«

»Und du?«

»Ich würde eine Menge verlieren. Du hast keine Vorstellung, wieviel ich verlieren würde. Macht es dir etwas aus, wenn ich aufgebe?«

»Ja«, antwortete Vanning. »Es macht mir etwas aus. Ich will, daß du diese Vermutung äußerst.«

»Es ist keine Vermutung mehr. Ich bin sicher, daß ich etwas weiß. Und wenn ich recht habe, dann geht der

Schuß nach hinten los. Wenn ich falsch liege, dann wirst du mich stehen lassen, und niemand kann dir das vorwerfen. Ich möchte dich nicht verlieren, Jim. Aber wahrscheinlich weißt du das schon.«

»Ich habe mit dem Gedanken gespielt.«

»Egal was oder wer du bist«, seufzte sie, »ich möchte dich nicht verlieren.«

Vanning starrte sie an. Martha hatte ausgesprochen, was er gedacht hatte. Es war nicht gespielt, sie meinte es so, meinte es wirklich so, in ihren Worten und Blicken lag wesentlich mehr Angst, als wenn sie ihm etwas vorgespielt hätte, und dafür gab es nur eine Erklärung. Martha Gardner hatte zwei Seiten, und was er für die verborgene Seite angesehen hatte, war nicht versteckt, sondern deutlich zu sehen, lag offen, atmete und lebte. Ohne Zweifel fürchtete auch sie diese andere Seite, genauso wie er es tat.

»Du bist schon halb über das Drahtseil«, bemerkte Vanning. »Jetzt kannst du nicht mehr zurück.«

»Du willst es wirklich wissen, nicht wahr?«

»Sagen wir es anders, ich verlange es.«

Ein Anflug von Beleidigtsein trat in ihre Augen. »Das klingt, als ob ich dir verpflichtet sei.«

»Wir sind uns beide verpflichtet. Es ist an der Zeit, daß wir die Masken ablegen.«

»Ich weiß nicht, was du meinst.«

»Ich meine, die Masken abnehmen. Die Bühne verlassen und die Schminke abwischen. Ganz gleich, wie du es ausdrücken willst.«

»Tut mir leid, Jim.« Ein verwirrtes Lächeln überflog ihre leicht geöffneten Lippen. »Ich tappe im dunkeln.«

»Wirklich?« Er beugte sich zu ihr, und seine Blicke waren wie Speere.

Sie legte ihre Fingerspitzen auf ihr Kinn. »Du schaust mich so seltsam an.«

»Ich schaue auf das Leben, das vor mir liegt. Ein Leben mit dir.«

Martha blickte ihn von der Seite an. »Ich gehe dir nicht auf die Nerven, oder?«

»Du merkst nicht, was los ist«, entgegnete Vanning und kaute an seinem Daumennagel. »Gehen wir hier weg.«

Vanning bezahlte die Rechnung, und sie verließen das Restaurant. Dämmerung lag über Greenwich Village, und es war nicht viel los. Sie liefen die Straße hinunter und kamen auf die Fünfte Avenue, dann bewegten sie sich auf das Eingangstor zu, das die Besucher offiziell im Washington Park begrüßte. Vanning wartete darauf, daß Martha etwas sagen würde, wußte dabei, daß sie dasselbe von ihm erwartete. Allmählich begriff er, daß er den Anfang machen mußte. »Ich werde dir etwas verraten«, erklärte er. »Ich habe ein Spiel mit dir gespielt.«

»Das hättest du mir nicht zu sagen brauchen.« In ihrer Stimme schwang Schmerz mit.

»Ich dachte, vielleicht könnte es klappen. Verrückte Idee, nicht wahr? So, als wollte man einen Fisch ohne einen Köder fangen. Ich habe nie deine Intelligenz unterschätzt, es war nur so, daß ich meine eigene überschätzt habe. Ich habe jetzt keine Lust mehr, noch weiter zu kämpfen. Welches Spiel es auch war, das du versucht hast zu gewinnen, du hast gewonnen.«

Sie fuhr zusammen und blickte ihn an. Auf einmal brach es aus ihr heraus, und Wut und Schmerz lagen in ihrer Stimme, als sie sagte: »Gib mir keine Rätsel auf. Versuche mich nicht um den Finger zu wickeln und dein Vergnügen dabei zu haben. Du hast mir eine Geschichte erzählt, und ich habe dir geglaubt, weil ich dir glauben wollte. Das war alles. Es war eine ganz einfache Angelegenheit, aber damit warst du nicht zufrieden. Du mußtest sie komplizieren, mit Fragezeichen versehen, mit mir auf der einen Seite des

Zaunes und dir auf der anderen. Ich wollte auf deine Seite kommen, aber das hat dir nicht gepaßt, und ich nehme an, daß ich dir das nicht vorwerfen kann. Wer bin ich denn? Warum solltest du das ganze Geld mit mir teilen?«

»Ist dies die Vermutung, auf die ich gewartet habe?«

»Es ist nicht länger eine Vermutung. Ich weiß Bescheid. Wie sollte ich es sonst bezeichnen? Warum sonst wühlst du immer weiter und versuchst herauszufinden, ob ich Verdacht geschöpft habe?«

»Das klingt so, als ob ich der schuldige Teil wäre.«

»Etwa nicht?«

»In Ordnung, nehmen wir an, es wäre so. Nehmen wir an, ich habe nie die Tasche verloren und habe nun die Dreihunderttausend an einem hübschen, sicheren Ort versteckt. Was willst du jetzt tun?«

»Nichts.«

»Oh, komm, komm. Ich bin ein Gauner, ein Mörder. Hast du etwa nicht vor, zur Polizei zu gehen?«

»Ich habe vor, nach Hause zu gehen«, entgegnete Martha. »Ich will, daß du mich in Ruhe läßt. Sofort, meine ich. Bitte ... ich will dich nicht mehr sehen.«

»Was du wirklich meinst, ist, diese Martha will mich nicht mehr sehen. Was ist mit der anderen Martha? Die andere Martha, die hinterhältige, die mit John zusammenarbeitet?«

Sie keuchte. Ihre Augen weiteten sich, sie trat einen Schritt zurück, noch einen, drehte sich plötzlich um und lief davon. Es war, als ob sie von Teufeln gehetzt würde. Vanning stand da und blickte ihr nach. Als sie außer Sicht war, drehte er sich um, ging zur Fünften Avenue und nahm einen Bus. Er hatte keine Ahnung, wohin er wollte. Der Bus fuhr an, bog um eine Straßenecke und fuhr weiter. An der Endhaltestelle stieg Vanning aus, ging in eine Bar, in der er eine Stunde blieb, dann lief er quer durch das Village und gelangte zu dem Haus, in dem er wohnte. Er hatte keine Lust, ins Bett zu gehen, denn er war überhaupt nicht müde. Es war noch früh am Abend. Vanning lehnte sich an das eiserne Geländer der Eingangstreppe und blickte über die Straße. Er steckte sich eine Zigarette zwischen die Lippen, zog ein Streichholzbriefchen aus der Tasche und wollte sich die Zigarette anzünden. Da fiel ihm das brennende Streichholz aus der Hand, und er starrte auf die Straße. Auch die Zigarette fiel ihm aus dem Mund.

Ein Mann kam direkt auf ihn zu.

14

»Erinnern Sie sich an mich?«

»Was wollen Sie?« fragte Vanning.

»Ich würde wetten, daß Sie sich noch nicht einmal an meinen Namen erinnern. Ich habe Ihnen nämlich gesagt, wie ich heiße.«

»Ich erinnere mich nicht.«

»Fraser.«

»Oh ja«, entgegnete Vanning automatisch. »Das stimmt.«

»Und Sie sind Van.«

»Van Rayburn.«

»Nein«, widersprach Fraser. »Das war letzte Nacht, als Sie auf den Baum geklettert waren und wir ein Vater-und-Sohn-Gespräch miteinander führten. Heute abend sind Sie Vanning. Sie sind James Vanning.«

»Sie ändern aber schnell Ihre Meinung.«

»Nein, es ist immer der gleiche Trott, Tag für Tag. Manchmal habe ich es ganz schön satt, aber ich weiß, womit das zusammenhängt.«

»Da würde ich nicht widersprechen«, gab Vanning zu und holte tief Luft. »Ich bin bereit, mit Ihnen zu kommen.«

»Soweit sind wir noch nicht«, sagte Fraser.

»Was wollen Sie von mir?«

»Warum können wir nicht einfach miteinander reden?«

»Das war letzte Nacht«, entgegnete Vanning. »Erinnern Sie sich? Der psychologische Teil hat letzte Nacht stattgefunden. Sie haben Ihre Treibjagd schon veranstaltet. Nun sind Sie zum Abschuß hier. Sie haben es geschafft. Sie haben hervorragende Arbeit geleistet, und jetzt ist es vorbei, also, auf was warten wir noch?«

»Wenn es Sie nicht stört, dann mache ich es so, wie ich es für das Beste halte. Es ist mein Fall.«

»Ich dachte, es sei der von Denver.«

»Denver hat ihn an New York abgetreten, und New York hat ihn mir übertragen. Ich meine endgültig. Wenn irgend etwas danebengeht, ist das ausschließlich mein Fehler. Dann bekomme ich es mit allen zu tun. Mit New York und mit Denver und Seattle.«

»Ich verstehe nicht, warum Seattle.«

»Ich sagte Ihnen, daß ich den ganzen Fall bekommen habe, damit meine ich wirklich den kompletten Fall. Was ich jetzt vorhabe, ist, Sie einzusperren und dann die anderen zwei Männer zu suchen.«

»Die drei anderen Männer.«

»Sehen Sie, was ich meine?« fragte Fraser. »Sie haben mir schon einen Hinweis gegeben.«

»Das ist schön. Was können Sie mir geben?«

»Jede denkbare Chance. Ich glaube nicht, daß Sie ein Mörder sind.«

»Aber das bin ich.«

»Warum?«

»Notwehr.«

Fraser steckte seine Hände in die Manteltaschen, wobei er die Daumen am Rand einhakte. »Was halten Sie davon, wenn wir in Ihre Wohnung gehen und darüber sprechen?«

Fraser wartete nicht Vannings Antwort ab, sondern ging an ihm vorbei die Stufen hinauf. Es wäre einfach für Vanning gewesen, ihn von hinten niederzuschlagen.

Sie wußten es beide und brauchten kein Wort darüber zu verlieren. Als sie zu der Wohnung hinaufgingen, blieben sie stumm, so, als ob das, was vor ihnen liegen würde, vollkommen klar wäre und sie Mitglieder einer streng aufgebauten Organisation wären.

Vor der Tür trat Fraser zur Seite. Vanning ging an ihm vorbei, steckte seinen Schlüssel ins Schloß und öffnete. Kurz bevor er eintrat, warf Vanning einen Blick auf Frasers schmales, markantes Gesicht mit den scharfen Augen und dem schwarzen Schnurrbart. Fraser lächelte ihn an. Vanning antwortete mit einem breiten Grinsen, stand sehr entspannt, aber trotzdem aufrecht da und atmete ruhig. Es war, als ob ein enormes Gewicht von seinen Schultern genommen worden war.

Fraser ging zum Zeichenbrett hinüber, stand davor und sah darauf hinab. »Hier ist noch etwas«, begann er. »Sie haben mir letzte Nacht noch eine Wahrheit mitgeteilt. Sie sagten mir, Sie wären ein Grafiker.«

»Ich habe Ihnen letzte Nacht nicht alles gesagt, aber was ich Ihnen sagte, war die Wahrheit.«

»Haben Sie etwas zu trinken?«

»Ich hole uns was.«

»Mit viel Eis. Es herrscht eine drückende Hitze.«

Vanning machte Drinks und brachte sie ins Wohnzimmer. Sie konzentrierten sich andächtig auf die Drinks, dann setzte Fraser sein Glas ab und meinte: »In Ordnung, ich bin bereit, zuzuhören. Ich will alles wissen. Jeden Schritt, jede Einzelheit. Ich will die ganze Geschichte hören, ganz von vorne.«

Es dauerte über eine Stunde. Fraser unterbrach nur sehr selten und dann nur, wenn es notwendig wurde, einen

Aspekt da und dort deutlicher hervorzuheben. Vanning sprach mit leiser Stimme, aber ohne zu zaudern oder sich zu wiederholen. Es fiel ihm leicht zu sprechen. Abgesehen von dem leisen Tonfall war seine Stimme klar. Gegen Ende zu war es mehr als nur ein bißchen überzeugend.

Nachdem es vorbei war, ging Fraser zum Zeichenbrett, klopfte mit seinen Fingern darauf, drehte sich um und sah Vanning an, der mit übergeschlagenen Beinen auf einem Stuhl saß. »Nur noch eine Sache«, bemerkte Fraser. »Nur eine Sache stört mich. Kommen wir noch einmal darauf zurück. Gehen wir noch einmal in das Hotelzimmer in Denver zurück. Ich werde versuchen, es so zu wiederholen, wie Sie es mir erzählt haben. Sie befinden sich mit John und Pete in diesem Raum, und die stecken Sie in das Badezimmer. Sie schließen das Badezimmer nicht ab und unterhalten sich flüsternd. Das ergibt noch einen Sinn. Gut, Sie warten in dem Bad, und plötzlich bemerken Sie, daß es im Nebenraum vollständig still ist. Sie können sich das nicht erklären, und schließlich entscheiden Sie sich, den Versuch zu wagen. Sie öffnen die Tür, und das andere Zimmer ist leer. Aber auf dem Bett liegt die Waffe, und auf der Kommode sehen Sie die Tasche. Das, mein Freund, ist eine sehr seltsame Angelegenheit.«

»Wenn ich es erklären könnte, würde ich es tun.«

»Das ist verständlich«, gab Fraser zu. »Zumindest ich verstehe das, aber andere Leute werden Ihnen das nicht abkaufen. Im Gerichtssaal wird man über Sie lachen. Sie sehen, in welcher Klemme wir sind. Das Arrangement mit der Waffe und der Tasche ergibt keinen Sinn. Das ist unglaubwürdig.«

»Dann nehme ich an, daß ich am Ende bin.«

»Sagen Sie nicht so etwas«, widersprach Fraser. »Ich bin ein Optimist, aber wenn Sie sich jetzt aufgeben, wird es nur noch schwerer für mich.«

»Ich gebe mich nicht auf.«

»Das dürfen Sie auch nicht. Wir werden das gemeinsam lösen. Ich bin davon überzeugt, daß Sie unschuldig sind, und ich unternehme alles, was in meiner Macht steht, um Sie da herauszubringen. Was wir als erstes tun müssen, ist, eine Antwort auf die verrückte Situation in dem Hotelzimmer zu finden. Ich glaube nicht, daß wir die Antwort hier finden. Was denken Sie?«

Fraser blickte Vanning an, und es war nicht nötig, ein Wort zu sagen. Der Blick war eine Frage, und Vanning nahm sie auf, prüfte sie und begriff, was Fraser meinte. Vanning dachte an Martha und an Marthas Augen, an ihre Lippen und an die Art, wie sie sich bewegte, an den Tonfall ihrer Stimme und das Gefühl ihrer Nähe. Vanning sagte sich, daß er sie vergessen müsse.

Fraser verschränkte seine Arme, neigte seinen Kopf und blickte Vanning weiter auf seine Art an. Die Sekunden vereinigten sich zu Minuten, und dann fragte Fraser: »Nun, wie ist es? Können Sie uns zur Startlinie bringen?«

»Ich denke, ja.«

»Gut, ist es weit von hier?«

»Barrow Street.«

»Das dachte ich mir. Ich habe das Haus schon beobachtet, aber da wohnen ziemlich viele Leute.«

Sie verließen die Wohnung. Als sie sich auf der Straße befanden, gingen sie nicht schnell, aber auch nicht langsam. Sie gingen nebeneinander, zwei Männer auf dem Weg irgendwohin. Als sie die Barrow Street erreichten, erschauderte Vanning, und danach stieß er ein Seufzen aus. Fraser schaute ihn an.

»Was ist los?« fragte Fraser.

»Die Frau.«

»Was ist mit ihr?«

Vanning schloß seine Augen und preßte seine Fingerspitzen an die Stirn. »Ich dachte, ich hätte gesunden Menschenverstand«, erklärte er. »Ich dachte, ich hätte etwas Ahnung vom Leben.«

Sie blieben stehen, und Fraser steckte sich eine Zigarette an. »Wir glauben alle, daß wir das Leben kennen würden. Wir glauben, daß wir uns selbst kennen. Wenn das wirklich so wäre, dann wären wir Rechenmaschinen und keine Menschen. Sie lieben die Frau und wollen nicht ihr Leben zerstören. Sie sind ganz schön in sie verliebt, denn es geht nicht mehr nur um Sie persönlich, Vanning, stimmt's?«

»Ich kann nicht mehr vernünftig denken.«

»Nehmen Sie einen Zug an der Zigarette.«

»Das wird nichts nützen. Vielleicht sollten Sie mir eine Ohrfeige verpassen ...«

»Das würde auch nicht helfen. Sehen wir mal, ob wir es von einem vernünftigen Standpunkt aus betrachten können. Sie glauben, die Frau war bei der Sache in Seattle dabei?«

»Keine Ahnung.«

»Wie ist es mit Denver?«

»Keine Ahnung.«

»Damit wird es undurchsichtig. Damit steht es so schlecht wie nur möglich. Nehmen wir einmal an, die Frau hat schon ganz von Anfang an mitgemacht. Denken Sie daran, wir gehen vom Schlimmsten aus. Nun gut, sie nahm an dem Überfall in Seattle teil. Möglicherweise schon an ein paar Sachen vorher, und vielleicht hat sie auch Vorstrafen. Sagen wir, sie bekommt zehn Jahre. Wie alt sind Sie, Vanning?«

»Dreiunddreißig.«

»Wenn die Frau wieder entlassen wird, sind Sie dreiundvierzig. Sind Sie bereit zu warten?«

Vanning wandte sich von Fraser ab und starrte die Straße entlang, seine Augen hingen gebannt an der weißen

Backsteinfront des Hauses, in dem Martha wohnte. »Das kann ich nicht zulassen«, entgegnete er. »Ich weiß nicht, warum sie ein solches Leben führt, aber ich weiß, daß sie nicht der Typ dafür ist. Sie ist ein so braves Mädchen, so voller Lebenslust. Sie braucht einen Mann, ein Heim und Kinder. Wenn man sie ins Gefängnis steckt, wird sie dahinwelken. Ich will sie lachen sehen, ich will sehen, wie sie sich über den Herd beugt, wie sie einen Kinderwagen die Straße entlangschiebt. Ich kann sie mir nicht hinter Gittern vorstellen, das kann ich einfach nicht.«

Auf seine Armbanduhr blickend sagte Fraser: »Wenn wir uns beeilen, dann können wir die Sache bis zum Morgengrauen geklärt haben.«

»Zehn Jahre.«

»Denken Sie daran, ich sagte, das wäre im schlimmsten Fall.«

»Versprechen Sie mir, sich für die Frau einzusetzen.«

»Ich bin ehrlich zu Ihnen. Ich kann nichts versprechen. Wenn ich sie verhaftet habe, ist die Sache nicht mehr in meinen Händen.«

»Sie befand sich nicht in dem Kombi. Vielleicht hat sie gar nichts mit Seattle zu tun.«

»Möglicherweise.«

»Alles ist möglich. Alles.«

»Es bleibt Vermutung, solange wir hier stehen«, bemerkte Fraser. »Warum gehen wir nicht weiter und finden es heraus?«

»Brauchen Sie mich dazu?«

»Sie werden ihr früher oder später gegenübertreten müssen.« Vanning ging voraus, und Fraser schloß zu ihm auf. Nebeneinander liefen sie die Barrow Street entlang.

»Begreifen Sie, was ich mache?« klagte Vanning. »Verstehen Sie, was ich ihr antue?«

»Denken Sie daran, was Sie für sich selbst tun.«

»Ich mußte über Colorado nach Chicago reisen. Ich konnte keine andere Straße nehmen. Nein, ich mußte unbedingt diese Straße nehmen.«

»Wenn das nicht so gewesen wäre, hätten Sie auch nicht diese Frau getroffen.«

»Das ist es, was ich meine.«

»Nun, dann ist es ja in Ordnung«, bemerkte Fraser. »Es kommt immer auf dasselbe heraus.«

»Nein, so ist es nicht. So kann ich die Sache nicht sehen. Ich denke, ich hätte sie schon irgendwo getroffen, wo, weiß ich nicht, aber es war vorherbestimmt, daß ich sie treffe.«

»Kumpel, Sie müssen sich einmal in den Arm zwicken, Sie brauchen eine kalte Dusche. Sie sind auf dem falschen Weg, merken Sie das nicht? Und wenn Sie so weitermachen, sind Sie keine große Hilfe für mich. Und das heißt, daß ich nicht in der Lage bin, Ihnen zu helfen.«

»Können Sie ihr nicht helfen? Können Sie nichts tun?«

»Nicht, wenn sie eine Verbrecherin ist. Denn wenn sie eine Verbrecherin ist, müssen wir sie einsperren. Das ist unsere Aufgabe in der Gesellschaft. Sie würden erstaunt sein, Vanning, wie einige von uns ihre Arbeit hassen. Doch irgend jemand muß diese Arbeit machen. Sonst würden Sie überall kaputte Schaufensterscheiben und Leichen herumliegen sehen. Versuchen Sie einmal, die Sache von dieser Seite zu betrachten.« Fraser drehte sich um und sah einen Schimmer in Vannings Gesicht. »Nein«, fuhr er fort, »versuchen Sie es nicht. Denken Sie an gar nichts. Bringen Sie mich einfach zu der Adresse.«

Sie gingen weiter. Die Häuser zogen an ihnen wie ein Leichenzug vorbei, und das Gebäude aus weißen Ziegelsteinen kam näher. Das Weiß hob sich von dem Schwarz der Straße wie etwas Totes, das von Trauernden umgeben war, ab.

»Dieses da«, sagte Vanning, auf das Haus deutend.

»Los jetzt.«

Sie erreichten die Eingangstür, und Fraser musterte das Klingelbrett mit den Namen der Mieter. »Welcher ist es?«

»Gardner.«

Fraser drückte den Knopf.

»Vielleicht ist sie nicht zu Hause«, hoffte Vanning.

»Wir werden sehen.«

»Vielleicht hat sie ihre Sachen gepackt und ist weg.«

»Das ist ziemlich wahrscheinlich.«

»Ich denke, genau das hat sie gemacht. Sie hat gepackt und ist abgehauen.«

»Bestimmt«, stimmte Fraser zu. »Das hat sie gemacht, denn wenn sie da wäre, würde der Türöffner betätigt werden. »Ich werde es noch einmal probieren.«

»Es hat keinen Sinn, sie ist weg.«

Frasers Lippen waren zusammengepreßt. »Wenn sie verschwunden ist«, schnaufte er, »dann sind Sie weg vom Fenster. Kapieren Sie das nicht? Sie sind nicht in der Lage, mich zu dem Haus außerhalb von Brooklyn zu bringen, denn Sie haben mir gesagt, Sie hätten keine Ahnung, wo es liegt. Wenn die Frau weg ist, haben Sie Ihre einzige Kontaktmöglichkeit verloren. Denken Sie darüber nach.«

»Das habe ich schon, und es ist mir egal.«

Fraser preßte seinen Finger noch einmal auf den Knopf und ließ ihn dort, während er Vanning im Auge behielt.

Dann, auf einmal, wurde der Türöffner betätigt, und Fraser stellte fest: »Sie ist zu Hause.«

»Wie bitte?«

»Ich sagte, sie ist zu Hause. Wir gehen hoch.« Frasers Hand glitt nach unten und berührte die Ausbuchtung in seiner Manteltasche. »Kommen Sie, Vanning, bringen wir es zu Ende.«

Fraser öffnete die Tür und drückte sich flach dagegen.

»Sie zuerst«, forderte er Vanning auf.

»Vertrauen Sie mir nicht?«

»Nicht in Ihrem jetzigen Zustand. Tun Sie mir einen Gefallen, ja? Zwingen Sie mich bitte nicht, die Waffe zu gebrauchen.«

Vanning ging an Fraser vorbei, begann die Treppe hinaufzusteigen und hörte Frasers Schritte hinter sich. Die Stufen und die Wände schienen glänzend poliert zu sein, sie schienen in einer Art zu glühen, daß sie nicht real wirkten. Das Glühen wurde stärker. Vanning sagte sich, daß es wirklich so war, daß die Stufen und Wände nicht real waren. Als er auf dem Treppenabsatz der ersten Etage ankam, blieb er stehen.

Hinter ihm murmelte Fraser: »Wo ist es?«

»Im zweiten Stock.«

»Dann weiter.«

»Das ist die Hölle.«

»Gehen Sie weiter.«

Sie stiegen in die zweite Etage hinauf, ihre Tür war offen, und sie stand wieder mit ihrem gesteppten, blauen Morgenmantel bekleidet da. Als sie Vanning sah, trat Feuer in ihre Augen. Als sie Fraser sah, weiteten sich ihre Augen. Sie trat in die Wohnung zurück, ließ dabei die Tür offen, ging aber immer weiter in die Wohnung hinein und schaute von Vanning zu Fraser und wieder zu Vanning.

Fraser schloß die Tür und ging durch das Zimmer, als ob er schon Jahre darin gewohnt hätte. Er zog die Jalousie herunter und kehrte dem Fenster den Rücken zu. Er lehnte mit verschränkten Armen am Fensterbrett, während er Martha musterte. »Setzen Sie sich. Ich will mit Ihnen sprechen«, forderte er sie auf.

Den Blick auf Vanning gerichtet, ging sie zu einem Stuhl. Sie setzte sich, immer noch nicht den Blick von Vanning abwendend.

»Sind Sie Martha Gardner?« fragte Fraser.

»So heiße ich.«

Auf Vanning deutend fragte der Kriminalbeamte: »Kennen Sie diesen Mann?«

»Ja.«

»Wer ist es?«

»James Vanning.« Nun löste sie ihren Blick zum ersten Mal, seit sich die Tür geschlossen hatte, von Vanning und sah den Kriminalbeamten an.

»Wir werden die Sache jetzt ein bißchen forcieren«, sagte Fraser. »Wir werden ein gutes, scharfes Messer nehmen und alles wegschneiden, was unwichtig ist. Nun, Miß Gardner, womit verdienen Sie Ihren Lebensunterhalt? Schnell, ich will sofort eine Antwort.«

»Ich verkaufe Glaswaren in einem Kaufhaus.«

»Wie lange arbeiten Sie schon da? Nein, fragen wir anders. Wie lange sind Sie schon in New York?«

»Drei Jahre.«

»Und an dieser Adresse?«

»Fünf Monate.«

»Als Sie Ihren Ausflug nach Seattle unternahmen, haben Sie den Zug genommen, stimmt's?«

»Ich war noch nie in Seattle.«

»In Ordnung, in welcher Stadt haben Sie John getroffen?«

»John, und weiter?«

»Nur John. Los, Miß Gardner, los.«

Martha schaute Vanning an, plötzlich lächelte sie und fragte: »Was ist los, Jimmy, mein Junge? Warum siehst du so traurig aus?«

Vannings Blick fiel auf den Fußboden. Er stand auf seinen eigenen zwei Beinen, doch trotzdem schien sein ganzer Körper auf den Boden zu fallen und weiter durch den Fußboden hindurch.

»Wir sprechen über John«, erinnerte der Kriminalbeamte. »Der Mann, der Sie letzte Nacht besucht hat. In welcher Stadt haben Sie ihn getroffen? Wann haben Sie ihn getroffen?«

»Letzte Nacht«, antwortete sie. »In diesem Raum. Zum ersten Mal.«

»Wirklich?«

»Wirklich«, versicherte Martha. »Wenn Sie wünschen, erzähle ich Ihnen davon.«

»Auf jeden Fall. Und Sie lassen sich am besten etwas Gutes einfallen, Miß Gardner, denn Sie stecken in einer ganz schönen Klemme.«

»Das glaube ich nicht«, widersprach sie. »Ich mache mir keine Sorgen über die Sache. Ich bin sicher, alles kommt in Ordnung.« Sie drehte sich um und lächelte Vanning an. »Nicht wahr, Jimmy?« Dann wandte sie sich wieder Fraser zu, und das Lächeln verschwand, als sie sagte: »Der Mann, den Sie John nennen, der Mann, der letzte Nacht hier war, sagte mir, sein Name sei Sidney. Er sagte, er sei ein alter Freund von James Vanning. Ich zitiere nur, was er gesagt hat. Er behauptete, er hätte Vannings Adresse vergessen, und fragte mich, ob ich sie wüßte. Ich antwortete ihm, daß ich sie nicht weiß.«

»Woher wußte er, wo Sie wohnen?«

»Das fragte ich ihn auch. Er sagte, daß Vanning ihm von mir erzählt hätte, und eines Tages, als sie die Barrow Street entlanggelaufen wären, hätte Vanning ihm das Haus gezeigt, in dem ich wohne.«

»Glaubten Sie ihm?«

»Nein.«

»So weit, so gut, aber wie hat er Ihre Adresse gefunden?«

»Ich habe nicht die blasseste Ahnung.«

»Dann stehen Sie also nicht mit ihm in Verbindung?«

»Nein.«

»Saßen Sie jemals im Gefängnis?«

»Nein.«

»Nun, dieser John oder Sidney oder wie immer sein Name ist, was hat er Ihnen letzte Nacht sonst noch erzählt?«

»Das war alles. Er wollte nur Vannings Adresse. Aber er blieb eine Weile hier und versuchte, sie zu bekommen. Er kam immer wieder darauf zurück. Ich ließ ihn reden und machte es ihm gemütlich. Ich gab ihm sogar ein paar Drinks. Ich wollte nicht, daß er ausrastet.«

»Was meinen Sie mit ›ausrasten‹?«

»Ich weiß, wer er ist.«

»Sie müssen keine steinerne Miene aufsetzen, Miß Gardner. Wir spielen hier nicht Poker. Sie sagen, daß Sie wissen, wer er ist. Woher?«

»Jimmy hat es mir gesagt. Jimmy hat mir alles erzählt.«

Fraser deutete mit dem Kinn in Richtung Vanning. »Warum nennen Sie ihn Jimmy?«

»Weil er für mich Jimmy ist.«

Fraser holte ein Zigarettenpäckchen aus seiner Manteltasche und warf es von einer Hand in die andere. »Ich denke, wir bewegen uns im Kreis. Wir sind noch keinen Schritt weitergekommen.« Er senkte seinen Kopf, riß ihn wieder hoch, seine Augen fixierten Martha, und er fragte: »Lieben Sie diesen Kerl, der da steht, wirklich?«

»Wie verrückt.«

»Ist Ihnen klar, in welcher Lage er sich befindet?«

»Ja.«

»Und in welcher Sie sich befinden?«

»Ja.«

»Sagen Sie mir, Miß Gardner, bedeutet Ihnen diese Liebe viel?«

»Alles.«

»Warum dann, zum Teufel, erzählen Sie mir nicht alles?«

»Ich habe Ihnen alles gesagt, was ich weiß. Ich bin bereit, alles zu tun, was Sie wollen.«

Fraser stand auf, ging durch den Raum zur Tür, holte aus und schlug dagegen. Dann setzte er an, sich umzudrehen, brach die Bewegung ab, seine Arme sanken nach unten und hingen lose herab. Fraser verharrte bewegungslos.

Er blieb so für einige ausdruckslose Sekunden, aber als die Ausdruckslosigkeit verschwand, verschwand sie schnell und vollständig. Fraser wirbelte herum, starrte die Tür an und machte eine Reihe schneller Bewegungen, die darin bestanden, die Tür aufzureißen und den Revolver aus der Tasche zu ziehen, wobei er den Finger am Abzug hatte. Dann trat er in den Raum zurück und winkte jemanden herein. »Kommen Sie rein«, forderte er den anderen auf. »Heute abend haben wir Tag der offenen Tür.«

15

John betrat den Raum. Er war sehr überrascht. In seiner Hand hielt er eine Pistole, die aber auf nichts Bestimmtes gerichtet war.

»Werfen Sie die Waffe weg«, forderte ihn Fraser auf. »Versuchen Sie keine Tricks, denn wenn, dann erwischt es uns beide. Vanning, Sie machen die Tür zu.«

Vanning ging an John vorbei und schloß die Tür. Er blieb hinter ihm stehen und wartete ab.

Fraser trat einen Schritt auf John zu und sagte: »Ich hatte gesagt, werfen Sie die Waffe weg.«

»Da verlangen Sie viel«, entgegnete John.

»Ich bin in der Lage, viel zu verlangen.«

Nun hob John seine Pistole. Die beiden Waffen waren angelegt und schußbereit. »Und ich bin in der Lage, mich zu widersetzen«, bemerkte John.

»Wir können die ganze Nacht so stehen bleiben.«

»Das glaube ich.«

»Oder wir fangen an zu schießen und bringen es hinter uns.«

»Sie machen es auf Ihre Art, ich auf die meine.«

Fraser biß sich auf die Unterlippe. Einige Minuten lang musterte er seine eigene Waffe, aber als er seinen Blick hob, blieb er den Bruchteil einer Sekunde auf Vanning hängen, dann grinste er John an und sagte: »Ich bin nicht gut in solchen Sachen. Meine Nerven halten das nicht aus.«

Fraser zuckte mit den Schultern, warf die Waffe weg und beobachtete, wie sie auf der Liege landete. In dem Moment, als die Pistole die Polsterung berührte, handelte Vanning. Er griff nach Johns Arm und drehte ihn herum. John stöhnte und ging in die Knie. Sein Arm wurde auf den Rücken nach oben gedreht, und seine gefühllosen Finger ließen die Pistole los. Vanning fing sie auf, bevor sie auf den Boden fiel, trat von John zurück und gab Fraser die Waffe. Der steckte sie in die Tasche, ging zu der Liege hinüber und nahm sich wieder seine eigene Pistole. Er lächelte Vanning an und meinte: »Das war nicht schlecht.«

John saß auf dem Fußboden und massierte seinen Arm. Als er sich erheben wollte, bedeutete ihm Fraser mit der Waffe, unten zu bleiben.

»Bleiben Sie, wo Sie sind«, befahl Fraser. »Wir können uns die Formalitäten schenken.«

»Ich bin ein Dummkopf«, seufzte John. »Ich habe den Eindruck, daß die Waffen mich nicht leiden können. Ich hatte nie viel Glück mit einer Pistole.«

Fraser sah Martha an, und dann schaute er auf John. Sein Blick glitt zu Martha zurück, aber seine Frage war an John gerichtet: »Was ist mit ihr?«

»Sie hat nichts damit zu tun«, antwortete John.

»Das reicht nicht. Sie werden mir schon mehr sagen müssen, und es sollte glaubhaft klingen.«

»Vanning kann Ihnen sagen, warum«, erklärte John. »Letzte Nacht hatten wir ihn bewußtlos geschlagen, und während bei ihm die Lichter aus waren, habe ich seine Taschen durchsucht. Ich wollte feststellen, wo er wohnt. Aber es gab keine Möglichkeit, er hatte keinerlei Personalpapiere bei sich, noch nicht einmal eine Visitenkarte in seiner Brieftasche. Nur eine Notiz mit dem Namen der Frau und ihrer Adresse. Ich schrieb sie mir ab und steckte den Zettel wieder in seine Tasche.«

Fraser sah Vanning an. »Stimmt das?«

Vanning lächelte müde, nickte dann langsam und bestätigte: »Das klingt sinnvoll.«

»Nun dann«, sagte Fraser und setzte sich auf einen Stuhl. Seine Blicke waren wie Pfeile, und John war das bewegungslose Ziel. »Sie sind in der Lage, Vannings Leben zu ruinieren. Ist Ihnen das bewußt?«

»Ja.«

Frasers Augen waren fast geschlossen, und man hatte den Eindruck, sie wären das gute Objektiv einer guten Kamera. Er hob an: »So läuft der Hase, John. Sie sind nicht mehr das, was man einen jungen Mann nennt, und wenn ich richtig vermute, werden Sie für diese Sache ziemlich lange aus dem Verkehr gezogen. Sie werden nicht sehr glücklich im Gefängnis sein, aber wenn nur etwas Gutes in Ihnen steckt, dann glaube ich, daß Sie wesentlich besser schlafen werden, wenn Sie für unseren Freund hier eintreten.«

Johns Gesicht verzerrte sich kurzfristig, dann sagte er: »Hier auf dem Fußboden ist es nicht besonders gemütlich.«

»Dann machen Sie es sich gemütlich.«

John stand auf, ging zu dem nächsten Stuhl und setzte sich mit zwischen den Beinen gefalteten Händen auf die Kante. Es herrschte eine raunende Stille. John starrte auf die gegenüberliegende Wand, und es gab ein seltsames, kurzes Zwischenspiel, währenddessen Johns Augen von

Fraser zu Vanning, dann zu Martha und wieder zu Fraser zurückglitten.

Alles sammelte sich an und brach schließlich aus John heraus. Er fragte: »Können wir ein Geschäft machen?«

»Wir können Informationen austauschen«, antwortete Fraser. »Sonst nichts.«

»Genau das will ich. Informationen. Ich will wissen, wo ich stehe. Sagen Sie, was Sie zu bieten haben.«

»Das Wichtigste auf meiner Seite ist Seattle. Ich weiß, daß Sie der Boß in der Bankgeschichte waren. Dreihunderttausend Dollar. Die Hinweise auf Sie in dieser Sache sind so zahlreich, daß wir uns noch nicht einmal die Mühe machen, sie zu zählen. Soll ich fortfahren?«

»Ich denke, Sie haben mir schon genug gesagt«, lenkte John ein. »Das ist ein faires Geschäft. Ich wollte nur bei der Seattle-Sache sichergehen. Die Suppe habe ich mir eingebrockt, und es gibt keinen vernünftigen Grund, daß Vanning sie mit mir auslöffeln soll. Er hat nichts damit zu tun.«

»Ist das sicher?«

»Er hat nichts damit zu tun«, wiederholte John. »Er hat nichts mit Seattle zu tun. Er ist unschuldig, aber wenn Sie die dreihundert Riesen wollen, nur Vanning kann Ihnen sagen, wo die sind.«

»Nun, dann erzählen Sie einmal«, forderte Fraser Vanning auf und sah ihm in die Augen.

Einen Moment lang war Vanning geschockt, darauf folgte die glasklare Erkenntnis, und das erste, was er danach fühlte, war eine große Bewunderung für Frasers Kombinationsgabe. Doch das dauerte nur ein paar nebelhafte Momente und endete mit der Erkenntnis, daß Fraser ihn ganz schön hinters Licht geführt hatte. Doch er konnte den Kriminalbeamten nicht deswegen hassen, und er konnte ihm auch keinen Vorwurf daraus machen. Er konnte niemandem einen Vorwurf machen, der die Geschichte von der verlorenen Tasche nicht glaubte. Er war kurz davor, selbst daran zu zweifeln. In einem hoffnungslosen Versuch, den Zweifel auszulöschen, zwang er seinen Geist zurück nach Colorado, versuchte sich Denver vorzustellen, und eine dunkle Straße in Denver wurde Teil des schwirrenden, dröhnenden Karussells, das sich drehte und drehte, und kein Anzeichen deutete darauf hin, daß es anhalten würde.

Fraser zündete sich langsam und mit Akribie eine Zigarette an. Als er seinen Kopf hob, blieb sein Blick an John hängen. »Betrachten wir uns einmal Denver«, schlug er vor. »Wenn Sie Vanning wirklich helfen wollen, dann erklären Sie die Sache in dem Hotelzimmer. Erklären Sie, warum Sie Vanning mit der Tasche und der Waffe in dem Zimmer allein ließen.«

»Sie sollten das selbst herausfinden, Sie sind doch Kriminalbeamter.«

»Ich bin kein Psychiater.«

John verschränkte seine Hände hinter seinem Kopf. »Die ganze Sache ist von Harrison arrangiert worden. Das Ganze war sein Einfall. Ich war nie dafür, jemanden umzubringen. Ich halte nichts davon. Ich versuchte, einen Weg zu finden, Vanning loszuwerden, ohne ihn töten zu müssen. Mir fiel nichts ein, und schließlich überzeugte mich Harrison, daß es nur eine Möglichkeit gab, und je früher wir es täten, desto besser wäre es. Harrison sagte, daß das seine Arbeit wäre. In solchen Sachen war er ein Spezialist. Er erledigte so etwas völlig kaltblütig. Er erzählte mir immer, es gäbe keinen Grund, das Risiko, wegen Mordes angeklagt zu werden, einzugehen, wenn man es so einrichten könnte, daß es wie Totschlag oder sogar nur wie Körperverletzung mit Todesfolge aussah.«

»Sie machen mich neugierig«, sagte Fraser. »Machen Sie nur weiter.«

»Harrison hat in Denver gewartet. Das war der Stand der

Dinge. Die Tür des Badezimmers war nicht abgeschlossen. Vanning befand sich darin, und ich war in dem anderen Zimmer mit einem anderen Mann.«

»Sein Name?«

»Wenn Sie ihn fassen«, erklärte John, »dann sagt er Ihnen seinen Namen.« Er wartete, bis das angekommen war. Fraser nickte, um zu zeigen, daß er begriffen hatte. Dann sprach John weiter: »Harrison kannte das Hotel, in dem wir absteigen würden. Er beschäftigte sich mit dem Gästebuch, nachdem er uns in der Halle ein kurzes Zeichen gegeben hatte. Dann kam er zu uns aufs Zimmer, und wir drei sprachen die Sache durch. Harrison forderte uns auf wegzugehen, während er es erledigen würde. Er sagte uns, daß er kein Risiko einginge, wegen Mordes angeklagt zu werden. Er sagte, daß er Vanning die Gelegenheit geben würde, seine Fingerabdrücke auf der Waffe zurückzulassen, und wenn Vanning es wollte, könnte er auch die Pistole einstecken. Wenn man nach der Wahrscheinlichkeit geht, dann würde Vanning dies tun. Er würde die Waffe nehmen und in seine Tasche stecken. Später dann, wenn die Sache schieflaufen sollte, könnte Harrison behaupten, Vanning hätte ihn mit der Pistole angegriffen. Es wäre sinnlos gewesen, es im Hotel zu tun. Harrison dachte an eine dunkle Straße. Eine klare Sache.«

»Bedeutete das nicht, ein großes Risiko einzugehen?« fragte Fraser.

»Harrison war sich sehr sicher. Er war sich zu sicher. Das war eine schlechte Angewohnheit von ihm.«

»Hatten Sie dabei nichts zu sagen?«

»Ich wies ihn darauf hin, daß er ein großes Risiko eingeht«, erwiderte John. »Aber es war seine Angelegenheit, und so ließ ich ihn machen. Harrison war sicher, daß es klappen würde. Also ließ er die Waffe auf dem Bett und die Tasche auf der Kommode, dann ging er hinaus und wartete auf dem Flur. Nach einiger Zeit kam Vanning mit der Tasche und der Pistole heraus, und was danach passiert ist, habe ich mir bis heute noch nicht erklären können. Was ich meine, ist die Art, wie Vanning Harrison überwältigt hat, denn er war ein talentierter Kerl, wenn es um Schießereien ging.«

»Ich hatte die Waffe in meiner Tasche.« Vanning sagte das, als ob er mit sich selbst sprechen würde. Als ob er wieder in den Wäldern wäre, durch die Dunkelheit rannte und versuchte, von der kleinen Straße wegzukommen, in der Harrisons Leiche erkaltete.

»Bestimmt hattest du sie in deiner Tasche«, bemerkte John. »Und das ist der Grund, warum alles so unverständlich ist. Harrison hatte seine Waffe in der Hand, stimmt's?«

»Ja, er zielte mit der Pistole auf mich.« Vannings Stimme war ein Brummen, als ob er rein automatisch antwortete, während sein Geist ganz woanders war. Und in seinem Kopf sah er die Schwärze der Nacht über Denver. Und die Wälder, dann den Hügel. Er erklomm den Hügel, dahinter lag ein Feld, er überquerte das Feld. Danach kam ein Fluß, er lief in den Fluß. Das Wasser reichte an seine Knie und stieg bis zu seiner Taille.

»Er stand also da«, fuhr John fort, »und hatte die Waffe auf dich gerichtet ...«

»Ich zog die Pistole aus der Tasche und zeigte sie ihm. Es ist schwer zu erklären. In diesem Moment, in dieser bestimmten Sekunde, dachte ich nicht daran, die Waffe zu gebrauchen. Ich weiß nicht, an was ich dachte. Ich wußte, daß er entschlossen war, mich umzubringen, und ich glaube, die ganze Angelegenheit war ein bißchen verquer, ich meine, wie ich die Waffe herauszog und sie ihm zeigte. Alles, was er tat, war, dazustehen und die Pistole anzustarren, als ob sie etwas völlig Fremdes wäre. Ich kann mich noch nicht einmal daran erinnern, daß ich abdrücken wollte.«

»Als Sie die Waffe zogen«, warf Fraser ein, »müssen Sie ihm den Schrecken seines Lebens eingejagt haben. Die Art, wie Sie sie hervorholten und sie ihm zeigten. Wenn Sie die Waffe mit dem Vorsatz gezogen hätten, sie zu benutzen, dann hätten Sie keine größere Chance gehabt als eine Fliege, die mit einer Spinne verhandelt. Sie haben ihn völlig aus dem Gleichgewicht gebracht, aber selbst das war eine verrückte Sache, die Sie da fertiggebracht haben.«

»Ich habe eine Menge verrückter Dinge getan«, entgegnete Vanning, und einen Augenblick lang fiel sein Blick auf Martha.

Fraser inhalierte tief an seiner Zigarette. »Ich denke, daß wir endlich die Sache ins Lot bekommen«, erklärte er und schaute auf Vanning. »Es gibt da nur noch eine letzte Sache, und wenn Sie mir das sagen können, dann haben wir die ganze Angelegenheit unter Dach und Fach.«

»Kann ich nicht«, erwiderte Vanning.

»Versuchen Sie es.«

»Ich habe es schon versucht. Ich habe es schon millionenmal versucht. Es geht einfach nicht. Ich kann Ihnen nicht sagen, wo das Geld ist, weil ich nicht weiß, wo es ist.«

»Denken Sie zurück«, forderte Fraser ihn auf. »Schritt für Schritt. Versuchen Sie, sich an jede Einzelheit zu erinnern.«

Auf einmal brach John in Lachen aus und sagte zu Fraser: »Was für ein Aufstand das ist. Er führt Sie an der Nase herum, und Sie machen dasselbe mit ihm, doch ihr beide führt niemanden hinters Licht. Natürlich weiß er, wo es ist, aber wenn er es Ihnen sagen würde, wäre er ein Dummkopf.«

»Und wenn er es mir nicht sagt«, erklärte Fraser, »dann steckt er in dem Banküberfall mit drin und geht ins

Gefängnis. Und nichts, was ich oder Sie oder die Frau sagen könnten, wird etwas daran ändern. Versuchen Sie, sich die Situation im Gerichtssaal vorzustellen.«

»Das habe ich schon«, sagte Vanning. »Ich habe es schon so oft gemacht, daß ich es nicht ertrage, daran zu denken.«

»Ich werde an Ihrer Stelle darüber nachdenken, ich werde es Ihnen ausmalen.« Frasers Stimme klang hart. »Sie sind im Gericht. Man zählt auf, was Sie getan haben. Jetzt kommen wir an den Punkt. Sie ziehen die Waffe und richten sie auf Harrison ...«

»Das habe ich erklärt.«

»Schildern Sie das vor Gericht, und warten Sie ab, was passiert. Das ist eine haltlose Geschichte, es gibt keine Spur von Logik darin, weil es nichts gibt, mit dem Sie sie untermauern könnten. Ihre persönlichen Probleme interessieren Seattle überhaupt nicht. Seattle will die Dreihunderttausend. Hören Sie zu, wie das läuft. Hören Sie ...« Frasers Stimme ratterte wie ein Maschinengewehr, die Worte kamen wie Geschosse heraus, immer schneller und schneller, als er sagte: »Sie haben die Waffe gezogen, Harrison getötet und die Tasche genommen. Sie sind damit weggelaufen, es sind dreihunderttausend Dollar, das ist eine Riesensumme, sie gehört Ihnen, Ihnen allein. Sie sind kein Verbrecher, Sie haben das Zeug ja nicht wirklich gestohlen, aber jetzt gehört es Ihnen, und Sie wollen verdammt sein, wenn Sie es noch einmal aus den Fingern ließen. Also brachten sie die Tasche in die Wälder, gruben ein Loch, versteckten sie und sagten sich, wenn die Luft rein ist, komme ich zurück und hole sie mir ...«

»Aber das ist nicht wahr«, platzte Martha dazwischen.

Die Stille brach herein wie ein Fallbeil, als alle auf Martha starrten.

Fraser verlangsamte sein Vorgehen etwas. »Es ist mir egal, ob es wahr ist oder nicht«, erklärte er. »Das ist, was sie sagen werden. Los, argumentieren Sie mit denen. Los, versuchen Sie die Geschworenen vom Gegenteil zu überzeugen. Sie, John, Sie sitzen jetzt auf der Geschworenenbank, glauben Sie ihm?«

»Sehe ich wie ein Idiot aus?« wollte John wissen und grinste Vanning an. »Nimm's mir nicht übel, Kumpel. Du machst das ganz clever. Bleib dabei. Du wirst in ein paar Jahren draußen sein, und dann gehört alles dir. Es ist eine Menge Holz, und du kannst dir eine Menge schöner Dinge dafür leisten.«

Vanning starrte auf den Boden, sein Kopf pendelte hin und her, und seine Hände waren fest gegen die Schläfen gepreßt. »Ich weiß nicht, wo die Tasche ist. Ich weiß nicht, wo sie ist.«

»Denken Sie nach«, schnaufte Fraser. »Denken Sie.«

»Warum lassen Sie ihn nicht in Ruhe?« wollte John wissen. »Sie führen sich auf wie ein drittklassiger Polizist.«

Fraser blinzelte ein paarmal, dann lächelte er John an und sagte: »In Ordnung, ich lasse ihn in Ruhe. Ich mache etwas Besseres, ich werde weggehen und ihm die Pistole dalassen.«

John saß da wie eine Puppe mit großen Glasaugen, als Fraser Vanning die Waffe gab. Dann bewegten sich die Glasaugen langsam und folgten Fraser, wie dieser auf die Tür zuging. John rief: »Sie müssen verrückt sein.«

»Vielleicht bin ich das«, räumte Fraser ein, »aber ich vertraue diesem Mann. Daran ist nichts zu ändern.«

»Das besagt gar nichts«, stellte John fest. »Was bezwecken Sie mit diesem Abschied?«

»Kein Abschied.« Fraser setzte ein Lächeln auf. »Ich gehe nur vor die Tür, um ein kleines Gespräch mit Ihren Freunden zu führen.«

Die Glasaugen trübten sich. »Woher wissen Sie, daß sie da draußen sind?«

Fraser löste sich von der Tür und ging durch das Zimmer auf die Liege zu. Er legte das Lächeln ab, als er die andere Pistole ins Auge faßte und bemerkte: »Selbst ein drittklassiger Polizist würde wissen, daß sie dort draußen sind.«

16

Die Art, wie Fraser die Waffe an sich nahm, hatte etwas Eigenartiges; und auch der Ausdruck seines Gesichts, als er die Wohnung verließ, war seltsam. Die Stille, die darauf folgte, war bedrückend. Es lag etwas Endgültiges darin, und es hatte den Anschein, als ob sich die Endgültigkeit in Johns Blick konzentrierte, der auf nichts Bestimmtes gerichtet war. Es sah aus, als ob sich der Ausdruck dieser Endgültigkeit mit dem Nichts vereinigen und etwas Gemeinsames hervorbringen würde. Die Stille dauerte an. Vanning hatte die Pistole auf Johns Kopf gerichtet, sie lag schwer in seiner Hand und schien mit jeder Sekunde noch schwerer zu werden.

Die Stille dauerte an.

»Ich verstehe das nicht«, erklärte John schließlich. »Ich habe versucht, einen Sinn dahinter zu sehen, aber ich kann mir überhaupt keinen Reim darauf machen.«

»Ich könnte etwas zu trinken gebrauchen«, bemerkte Vanning.

»Ich habe Limonade im Kühlschrank«, sagte Martha. Sie ging in die Kochnische und hantierte geschäftig mit einem Krug und Gläsern. Ein paar Minuten lang vergaß Vanning die Anwesenheit von John vollständig. Seine Augen folgten einem geraden Weg, der durch John hindurch zu Martha in die Kochnische führte, und er sah, wie Martha eine Straße entlanglief. Er sah sie in einem kleinen Restaurant, in der Untergrundbahn, und wie sie durch einen Park ging. Sie war allein, die ganze Zeit allein, und auch in der kleinen Wohnung, die sie ihr Heim nannte, war sie allein. Einen trostlosen Abend nach dem anderen war sie allein. Vanning sah Martha in ihrer Wohnung auf einem Stuhl sitzen, und dann sah er sich, wie er sich seinen Weg durch einen Fluß in den dunklen Wäldern außerhalb von Denver bahnte. Er hörte seine eigene, wortlose Ansprache, als er sich sagte, daß er Angst vor der Tasche hätte.

Irgendwie war ein Glas Limonade in seine Hand gekommen. Er trank einen Schluck, doch nahm er den Geschmack der Limonade nicht wahr. Ein großer Baum, schwärzer als der restliche Wald, viel schwärzer als der Himmel, erhob sich vor ihm. Vanning rannte, und um dem Baum auszuweichen, mußte er sich zur Seite werfen. Er konnte den Mond nicht mehr sehen, denn am Himmel zogen Wolkenfetzen entlang. Ein Streifen Weiß, dann wurde es dunkel, dann wieder hell, und die Wolken stießen an den Rand des Mondes. Dabei entstand eine rosige Farbe, die Gestalt gewann und zu Johns Gesicht wurde. John trank schluckweise aus einem Limonadenglas.

»Ich habe einen Rest Scotch hier, wenn jemand davon möchte«, bot Martha an.

»Für mich nicht«, antwortete John. »Ich sollte mich an den Gedanken gewöhnen, keinen Whiskey mehr trinken zu können.«

Martha lief ziellos auf und ab. Sie blieb vor der Tür des Wandschrankes stehen, der ihre Wohnung vom Rest des Hauses trennte. Langsam und leicht schlug sie mit ihren Handflächen gegen die weiße Tür, es war ein strahlendes, sauberes Weiß, schließlich bemerkte sie: »Er ist schon ganz schön lange da draußen.«

»Er hätte nicht allein gehen sollen«, warf Vanning ein.

John schüttelte den Kopf. »Er hätte überhaupt nicht hinausgehen sollen.«

»Er hat Frau und drei Kinder«, platzte Vanning in Erinnerung seines ersten Treffens mit Fraser heraus.

John blickte finster. »Woher weißt du das?«

Vanning antwortete nicht, denn in einer einzigen, kurzen Sekunde hatte er die Frage schon vergessen, und außerdem war er zu beschäftigt, einem weiteren Baum auszuweichen. Dieser war ein verdammt großes Exemplar, mit Ästen, die weit hinausreichten und krampfhaft nach dem freien Himmel griffen wie die Arme eines verletzten Tintenfisches. Ein paar Schritte voraus lag eine kleine Schlucht, in die Vanning hineinstolperte, sich wieder aufrichtete und hinauskletterte. Er kam zu einem großen Felsen. Als er an dem Felsen vorbeiging, hörte er, wie Leder an dem Stein schabte. Es war ein deutliches Geräusch in seinem dröhnenden Gehirn. Das Leder war das der Tasche, und deshalb waren dieser besondere Baum und dieser besondere Felsen ohne Bedeutung, weil er die Tasche zu diesem Zeitpunkt immer noch bei sich hatte.

Martha lief immer noch auf und ab. »Ich habe ein Telefon«, schlug sie vor, »vielleicht sollten wir anrufen …«

»Lieber nicht«, entgegnete Vanning. »Fraser hätte selbst angerufen, wenn er geglaubt hätte, es wäre besser. Ich nehme an, daß er kein Risiko, die anderen entkommen zu lassen, eingehen wollte. Bei dem ersten Anzeichen von Polizei bekommen sie es mit der Angst zu tun und hauen ab. Machen wir uns keine Gedanken, Fraser weiß schon, was er tut.«

»Hinter was ist er nur her?« wollte John wissen. »Sam und Pete spielen doch jetzt keine Rolle mehr.«

»Die Sache ergibt schon einen Sinn«, antwortete Vanning. »Es ist Frasers Fall, und er will heute nacht alle Antworten erhalten.«

»Alle Antworten?« fragte John skeptisch.

»Alle.«

»Außer einer«, widersprach John. »Es gibt eine Antwort, die er nicht erhalten wird, außer du verlierst plötzlich deinen ganzen Verstand. Ich sage dir, wenn du dabei bleibst, dann kommst du damit durch. Und stell dir einmal vor, wenn du aufgibst, was bringt dir das ein? Einen Orden? Denke nach, und überlege es dir selbst. Ein Polizist bleibt ein Polizist, und Fraser tut niemandem einen Gefallen. Und wenn du glaubst, er hat nicht selbst ein Auge auf den Zaster geworfen …«

»Halt den Mund«, unterbrach ihn Vanning. »Du liegst ganz schief.«

»Wirklich?« entgegnete John. »Du bist noch neu in diesem Geschäft. Vielleicht solltest du darauf hören, was ein alter Fuchs dir sagt. Ich will nicht behaupten, daß Fraser eine krumme Tour vorhat. Ich behaupte nicht, daß er mehr als einen Gedanken an die Belohnung verschwendet hat, und glaube mir, es muß da eine dicke Belohnung im Spiel sein. Vielleicht ist er kein schlechter Kerl, und möglicherweise gibt er manchmal den Leuten eine Chance, aber du kannst dein Leben darauf wetten, daß er immer zuerst kommt.«

»Das ist der Grund, warum er hinausging«, warf Vanning mit müdem Sarkasmus ein. »Darum hat er mir die Pistole in die Hand gegeben.«

»Kannst du nicht den Hintergedanken dabei sehen?«

»Ich sehe die Waffe in meiner Hand und sehe, daß Fraser mir ein ehrliches Geschäft anbietet.«

»Und ich sehe, wie Fraser dich zum Narren hält«, bemerkte John bissig. »Sicher, er hat dir die Kanone gegeben. Sicher, er ist hinausgegangen, und du hast jetzt die Verantwortung, du bist jetzt der brave Junge, das Vertrauen in Person, Herr Saubermann, loyal bis zum Ende. Wenn Fraser zurückkommt, das heißt – falls er kommt, bist du immer noch der brave Junge und gibst ihm wie ein braver Junge die Pistole zurück. Dann verhaftet dich Fraser, und du gehst ins Gefängnis. Ganz wie ein braver Junge.«

»Was ist mit dir los, John? Versuchst du mich auf dumme Gedanken zu bringen?«

»Ich versuche, dir ein paar Dinge aus einem anderen Blickwinkel klarzumachen«, erwiderte John. »Wenn du es begreifst, prima. Aber du wirst es nicht verstehen, weil du dir in der Rolle des Handlangers von Fraser gefällst. So ist es bequemer, aber wenn du die Gitterstäbe vor dir hast, dann wirst du dich erinnern, was ich dir gesagt habe. Dann wirst du dich dafür hassen, daß du diese nette kleine Chance ausgelassen hast, die dir auf einem Silbertablett serviert wurde.«

»Behalt's für dich«, erklärte Vanning. »Ich bin heute nicht daran interessiert.«

John schaute Martha an und sagte: »Vielleicht können Sie ihn dafür interessieren.«

»Er kann selbst entscheiden«, entgegnete Martha.

John wandte sich wieder an Vanning, sein Gesicht war betrübt, und seine Stimme hatte einen ziemlich traurigen Klang, als er sagte: »Ich sehe es voraus, als ob es schon passiert wäre. Du gehst hin, bekommst kalte Füße und sagst ihnen, wo sie das Geld finden können. Dann sagen sie es Denver, Denver holt sich das Geld und gibt es Seattle. Dann sind alle zufrieden, und jeder lacht sich ins Fäustchen, aber es gibt noch einen Punkt in der Geschichte, der beachtet werden muß, verstehst du? Sie müssen dich immer noch vor Gericht stellen. Es ist bestimmt eine unangenehme Sache für sie, aber obwohl du gestanden hast, müssen sie dich doch ins Gefängnis stecken, denn nach allem hast du doch letzten Endes etwas mit dem Bankraub zu tun. Du hast den Zaster in deinen Händen gehabt und ihn versteckt. Es ist zu schlimm, denn selbst wenn das Geld bis auf den letzten Cent wieder in der Stahlkammer ist, müssen sie dich doch für ein paar Jahre einlochen. Und wenn ich ein paar Jahre sage, dann besteht eine große Ungewißheit darüber, wie lange.«

»Das klingt sehr überzeugend«, räumte Vanning ein, »aber es ist bedeutungslos, weil ich nicht weiß, wo das Geld ist.«

John stieß einen tiefen Seufzer aus, drehte sich zu Martha um und sagte: »Gott im Himmel, ich fange an, ihm zu glauben.« Dann vollführte sein Kopf eine schnelle, mechanische Drehung, und Johns Augen nagelten Vanning fest, während er sagte: »Wenn du nicht weißt, wo der Zaster ist, wenn du es wirklich und wahrhaftig nicht weißt, dann tu mir einen Gefallen, sage mir eins: Du hast eine Kanone in der Hand, und da ist die Tür. Erkläre mir, warum du noch hier bist?«

Vanning zuckte mit den Schultern, lächelte dabei und antwortete: »Ich versuche, ein braver Junge zu sein.«

John antwortete etwas, aber es drang nicht bis zu Vanning durch, denn Vanning lief durch dichtes Gebüsch einen Hügel hinunter, zu einer Stelle, wo es keine Bäume gab. Das Mondlicht zauberte Perlen auf das samtene Moos, das die Felsen bedeckte, und einer davon wurde durchsichtig, und hinter der glasähnlichen Substanz zeigte die Szene Fraser, wie er eine Treppe hinunterging. Alles kehrte sein Innerstes nach außen, und Frasers Kopf wurde durchsichtig. In Frasers Gedanken war der Plan, den Hinterausgang zu nehmen und über die Seitenstraßen zur Barrow Street zu kommen. Dazu gesellte sich die Wahrnehmung von zwei Männern auf der anderen Straßenseite, die hinter einem Baum oder hinter einem Auto oder in einem Auto oder in einem Eingang warteten. Diese Erkenntnis traf Vanning wie ein vielfarbener Blitz, es blitzte wieder und wieder, und dann bewegte er sich nach oben, und auf einmal befand sich Vanning auf einem Beobachtungspunkt hoch oben. Fraser war weit unter ihm und ging alleine durch die dunkle Straße.

»Ich hasse den Gedanken«, sagte Vanning, »daß Fraser da draußen ganz auf sich selbst gestellt ist.«

John grinste wie ein alter Fuchs. »Ich wußte es. Jetzt kommt es.«

Vanning gab Martha ein Zeichen und sagte: »Nimm die Pistole.«

Sie bewegte sich nicht und entgegnete: »Ich habe Angst. Ich verstehe nicht, was du vorhast.«

»Ich gehe hinaus«, erklärte Vanning.

»Und er wird weitergehen«, sagte John. »Er wird abhauen, weil das das einzig Richtige ist. Er ist doch nicht so ein Dummkopf.« Dann, als er zu Vanning sprach, wurde seine Stimme etwas leiser. »Wenn du schon abhaust, könntest du mir auch eine Chance geben. Ich werde dich nicht mehr belästigen. Alles, was ich will, ist, mich aus dem Staub machen.«

»Keine Chance«, lehnte Vanning ab. »Du bleibst hier.« Er gab Martha noch einmal ein Zeichen, während seine Augen auf John gerichtet waren.

Martha blieb, wo sie war.

Vannings Stimme war fast ein Flüstern. »Ich will, daß du die Pistole nimmst, Martha. Ich will, daß du John in Schach hältst. Ich gehe jetzt nach draußen, und der Rest liegt ganz bei dir. Du kannst glauben, was du willst. Wenn du John glaubst, dann gehe ich jetzt weg, lasse die ganze Sache hinter mir, und du wirst mich nie wiedersehen.«

Martha holte tief Luft. »Und wenn ich deinen Worten glaube?«

»Ich gehe hinaus und sehe zu, was ich für Fraser tun kann.«

John blickte zur Zimmerdecke, als er seine Beine

übereinanderschlug und seine Hände um ein Knie verschränkte. »Dafür bekommt er vier Sterne«, sagte er. »Das ist das Beste, was ich je gehört habe.«

Vanning biß sich auf die Lippe. »Es tut mir leid, Martha. Ich hasse es auf den Tod, dich in eine solche Lage zu bringen, und es steht tausend zu eins, daß John recht hat. Ich meine, wie es auf den ersten Blick aussieht. Ich weiß, daß es dir eine Menge Sorgen bereitet ...«

»Darüber mache ich mir keine Sorgen.« In Marthas Stimme lag weibliche Empörung. »Mir gefällt nicht, daß du ohne Waffe da hinausgehst. Du hast nichts außer deinen Händen. Was willst du tun, sag's mir, du großer, mutiger Mann?«

»Das stimmt«, gab Vanning zu, »aber ich kann auch noch ein paar Purzelbäume schlagen. Hier, nimm die Pistole.«

Martha ging auf die Waffe zu, während John sich mit der Faust in die Hand schlug und sagte: »Ich geb's auf. Ich bin weit hinter der Zeit zurück. Sie hat ihm tatsächlich die Geschichte abgekauft.«

Die Waffe in Marthas Hand deutete auf Johns Brust. Vanning betrachtete sich die Situation einige Sekunden und ging dann in Richtung der Tür.

»Behalte sie einfach auf ihn gerichtet«, wies Vanning Martha an. »Er wird nichts unternehmen. Du wirst nichts versuchen, stimmt's, John? Sieh dir an, wie nervös sie ist. Wenn du einmal niest, dann drückt sie ab.«

»Ist das alles, was ich tun muß?« fragte Martha. »Nur abdrücken?«

»Das ist alles, was du tun mußt«, bestätigte Vanning. Seine Hand lag auf dem Türgriff. »Und jetzt, macht's gut.«

John schaute Vanning an und nickte dann kurz und zustimmend. »Macht's gut – das ist genau der richtige Ausdruck.«

Die Tür öffnete sich und knallte dann ins Schloß, als

Vanning den Flur und dann die Stufen hinunterrannte. Jetzt fiel das Mondlicht in den dunklen Wäldern auf einen anderen, großen Felsen, gegen den Vanning sich gelehnt hatte, um Luft zu schnappen, aber seine Hand berührte den Felsen nicht, denn zwischen ihr und dem Stein befand sich die Tasche. Also spielte dieser Felsen auch keine Rolle. Jenseits des Felsens, auf Vanning zulaufend, befand sich eine Reihe kleiner Bäume, so in einer Linie, daß es den Anschein erweckte, als hätte jemand versucht, einen Obstgarten im Wald anzulegen. Diese erstaunlich genau geordnete Linie hob sich vom Rest des Waldes ab wie eine Formation disziplinierter Soldaten in einer tobenden Menschenmenge. Das Mondlicht schien sie hervorzuheben und ihnen Anerkennung zu zollen. Dieses Bild zog als angenehme Erinnerung vor seinem geistigen Auge vorbei, als Vanning weiterhetzte. Dann, gerade als Vanning den Treppenabsatz im ersten Stock erreichte, hörte er das Geräusch eines Schusses.

17

Das Geräusch kam von der Straße, drang in das Haus und tobte durch das Gebäude wie ein besessener Eindringling. Ein weiterer Schuß folgte. Vanning zuckte zusammen und zwang sich weiterzulaufen. Es ertönten noch weitere Schüsse. Die Treppe flog unter ihm vorbei und lag auf einmal hinter ihm. Vanning überlegte, daß aller Wahrscheinlichkeit nach Fraser ein kleines Haus oben in Kew Gardens oder etwas in dieser Art sein eigen nannte, mit ein bißchen Garten darum, und jeden Abend, wenn Fraser nach Hause kam, würde seine Frau dort auf ihn warten. Die Kinder wären in ihren Betten, und Fraser würde hinaufgehen und sie küssen, ihnen einen sanften, zärtlichen Kuß geben, um sie nicht aufzuwecken. Am Morgen würden Fraser, seine

Frau und die drei Kinder um den Frühstückstisch sitzen, das Sonnenlicht fiele durch einen Baum auf den Rasen vor dem Haus, es käme durch das Fenster und schiene auf den Toaster, der in Chrom glänzend auf dem Frühstückstisch steht, und die Gesichter der kleinen Fraser-Familie würden leuchten.

Das Sonnenlicht glänzte, aber es war nicht mehr das Licht der Sonne, es war eine Straßenlaterne, die ihren Schein vor den Eingang warf, als Vanning hinausstürmte. Gegen die schwarze Straße war es ein helles Glühen, es war etwas Rot darin, einige rote Rinnsale, die sich von einem bewegungslosen Körper in der Mitte der Straße wegbewegten. Der Ausgangspunkt des Rots war ein kleiner Punkt an der Seite von Sams kahlwerdendem Kopf.

Das war Vannings erster Eindruck. Der zweite war das riesige Gummiband der Stille, das sich dehnte und dehnte, bis es von dem nächsten Schuß zerrissen wurde. Als er den Schuß hörte, verfolgte er das Geräusch zu einem Hauseingang auf der gegenüberliegenden Seite der Straße. Vanning sah einen großen Mann, der sich aus dem Eingang löste, sah, wie der große Mann sich Stufe für Stufe vorschob. Dann erkannte er, wie sich etwas langsam neben einem Telegraphenmast mit einknickenden Knien niederließ. Vannings Augen bewegten sich zurück zu dem großen Mann, der über die Straße kam. Er hatte einen Revolver auf das schwache, zusammensinkende Ding gerichtet, das versuchte, sich um den Telegraphenmast zu drehen und den Mast zwischen sich und die Waffe zu bringen.

Das Ganze kam immer näher, wurde größer, besonders der große Mann, der nun ein Riese war. Am Rande der Geschehnisse, als ein weiterer Schuß ertönte, wurde die Straße wach, Fenster öffneten sich, und man hörte Geräusche von Menschen, aber das alles war Teil eines unbestimmten Dunkels, und es war absolut unwichtig. Das einzige, was eine Rolle spielte, war der große Mann, der jetzt so furchteinflößend riesig war. Der Eindruck der Größe vermischte sich plötzlich mit der Wahrnehmung einer kurzen Drehung, ungeschickt, doch eindeutig, und all das führte dazu, daß die Waffe in eine neue Richtung zeigte. Dann ein Knall, sofort gefolgt von einem weiteren Knall, der von einem Revolver kam, der in den Himmel gerichtet war, denn Vanning hatte Petes Handgelenk ergriffen, während er mit der anderen Hand Petes Gesicht bearbeitete.

Pete ließ die Waffe nicht los. Er stieß mit seinem Knie nach Vannings Magen, verfehlte ihn und versuchte es noch einmal. Diesmal traf sein Knie, Vanning zuckte zurück, schwankte, verlor seine Balance und fiel auf die Seite. Vanning starrte auf den Revolver und auf das breite, zuckende Gesicht hinter der Waffe. Der Revolver glänzte, und in den dunklen Wäldern außerhalb von Denver lag der Glanz des Mondlichtes. Dann irgendwo von jenseits des Mondlichtes ertönte das Geräusch einer anderen Waffe, und dann richtete sich Pete ganz gerade auf, bevor sein Rücken sich nach hinten durchbog, er die Pistole fallen ließ und der Waffe auf den Boden folgte. Er stöhnte kurz, röchelte ein wenig und war dann ganz hinüber.

Vanning zwang sich hoch und hetzte dann zu dem Telegraphenmast. Er bekam Fraser zu fassen und sah den Schmerz in Frasers Gesicht.

»Wie war ich?« fragte Fraser.

»Sehr gut. Wo hat es Sie erwischt?«

»Am Knie. Es brennt wie die Hölle.« Plötzlich weiteten sich Frasers Augen, doch nicht vor Schmerz. »Was machen Sie hier?«

»Es ist schon in Ordnung«, beruhigte ihn Vanning. »Martha paßt auf ihn auf, sie hat die andere Pistole.«

»Sicher hat sie die«, entgegnete Fraser und grinste trotz

der Schmerzen. Sein Blick ging an Vanning vorbei, so daß dieser sich umdrehen mußte, um zu sehen, was los war. Im ersten Moment konnte er nur Menschen erkennen, die aus Haustüren kamen. Der Moment wurde länger, die Menschen traten in den Hintergrund, und er sah, wie sich John näherte, gefolgt von Martha, die die Pistole in der Hand hielt. Vanning glaubte, laut loslachen zu müssen. Es war ein wunderbares Bild. Martha sah sehr ernst aus und John sehr müde.

Eine Hand berührte Vannings Schulter, und das erinnerte ihn an Fraser, der zu ihm sagte: »Sie haben sich für mich eingesetzt. Es war nicht richtig von mir, Sie da hineinzuziehen.«

»Ist schon gut«, beschwichtigte ihn Vanning. »Machen Sie sich keine Vorwürfe.« Er riß einen Streifen Stoff aus seiner Hose und benutzte ihn, um Frasers Bein abzubinden. Als er es zusammenzog, hörte er Fraser stöhnen; aber er zog noch fester zu, dann machte er einen Knoten, und als er gerade damit fertig war, bemerkte er Martha und John zusammen mit all den anderen staunenden Leuten hinter sich stehen. Er sah es und doch wieder nicht, denn er starrte in die Dunkelheit der Wälder, in denen alles ganz dicht und ineinander verschlungen war, wenn man es mit den ungefähr zwanzig Metern einer matschigen Lichtung verglich, die diese dichte Vegetation von den geometrisch arrangierten Bäumen trennte.

Jemand sagte etwas, doch Vanning wußte nicht, wer es war oder was gesagt wurde. Nun, in diesem dichten Gestrüpp hatte er die Tasche nicht mehr, doch vor einigen Augenblicken, als er an dem letzten der in einer geraden Linie senkrecht aufragenden Bäume vorbeiging, hatte er die Tasche noch in der Hand gehabt. Sein Geist holte Anlauf und sprang. Die Tasche war irgendwo auf dieser kleinen Lichtung, zwischen dem letzten Baum und dem Gestrüpp, aber dichter an dem Gestrüpp. Sie war da, sie mußte dort sein.

Fraser beobachtete Vanning, und Martha tat dasselbe. Auch John. Vanning war das nicht bewußt, denn er war dort in den dunklen Wäldern und suchte nach der Tasche.

Und plötzlich fragte eine Stimme: »Wo?«

Es war Marthas Stimme. Vanning schaute sie an und bemerkte die Bitte in ihren Augen, die Hoffnung und die Furcht. Dann konnte er ihre Augen nicht erkennen, doch er sah die Tasche. Seine Lider waren geschlossen, aber er konnte die Tasche sehen. Sie glänzte, als sie ihm aus der Hand fiel und in eine kleine, schlammige Felsspalte rutschte, die ungefähr drei Meter von dem Gestrüpp entfernt war.

Und dort war sie immer noch. Ein kleines Ding aus schwarzem Leder, das im Mondlicht glänzte, ein kleines verlorenes Ding, das auf jemanden wartete, der es holen würde.

Vanning empfand keinen Zweifel, keine Furcht, er spürte nur die Gewißheit der plötzlichen, wunderbaren Entdeckung. Daneben auch die beruhigende Erkenntnis, daß diese Wälder außergewöhnlich ausgedehnt waren und es in dieser Wildnis keine Wege gab. Die Tasche würde immer noch dort sein, aber auch die Anhaltspunkte, deren er sich bewußt war und anhand deren er sie zu der Tasche führen könnte.

Vanning öffnete seine Augen und grinste Fraser an.

Der Kriminalbeamte grinste zurück. »Endlich haben Sie sich erinnert?«

Vanning nickte. »Ganz unten war es.«

»Das Geld ist nicht vergraben, stimmt's?«

»Nein«, antwortete Vanning, »es liegt offen da.«

»Sie haben es fallen gelassen?«

Vanning nickte.

»Sie haben es fallen gelassen und sind weitergelaufen«, vermutete Fraser. »Ich hatte gehofft, daß es so wäre. Ich werde mit nach Denver kommen. Ich werde Ihnen Rückendeckung geben, selbst wenn ich nicht glaube, daß das notwendig ist. Jeder gute Psychiater könnte das problemlos analysieren.«

»Haben Sie es herausbekommen?«

»Hundertprozentig«, erklärte Fraser. »Man nennt es partielle Amnesie. Sie identifizierten die Tasche mit dem Mord. Im Unterbewußtsein zwangen Sie sich, den Ort zu vergessen. Es mußte etwas Besonderes passieren, um Sie diese Barriere überspringen zu lassen. Nun, wenn dieses besondere Etwas mir die Pistole geben könnte …«

Martha legte die Pistole in Frasers ausgestreckte Hand. Jetzt waren zwei Waffen auf Frasers Seite. Beide deuteten beiläufig in Johns Richtung, aber John beachtete sie nicht. Es schien, als wäre er weit entfernt von der ganzen Sache. Er blinzelte noch nicht einmal, als er die Sirenen hörte, obgleich er wußte, daß sie einzig und allein seinetwegen kamen.